PETER BESSER

AF272573

# Das Mädchen mit dem seidenen Schal

\* \* \*

Ein Spionageroman

Impressum

©PETERBESSER
Das Mädchen mit dem seidenen Schal
1. Auflage 2011
Einband- und Textgestaltung: Wolfgang Henning
Titelbild: Francois Boucher
»Ruhendes Mädchen«, 1751
Herstellung und Verlag:
Books on Demand GmbH, Norderstedt
Alle Rechte liegen beim Autor

ISBN 978-3-8448-7417-4

# I.

Der Kommissar legte seinen Hut auf die Garderobe und betrat das Schlafzimmer. Die Tote lag auf dem Bett. Ein roter Seidenschal um den Hals, zu einem Galgenstrick zusammengedreht, hatte das Schicksal der jungen Frau besiegelt. Die Handtasche aus Krokodilleder lag, wie achtlos weggeworfen, vor dem Bett. Einer der Kriminalisten griff danach. Mehrere blaue Scheine und ein paar braune kamen zum Vorschein. »Knapp eintausend Mark – Raubmord können wir ausschließen«, meinte der Kriminalist gegenüber dem Kommissar.

»... und so wie die Frau daliegt, hat man sich auch nicht an ihr vergangen. Ihr Geld und ihre Tugend waren offensichtlich nicht Motiv für diesen Mord«, stellte der Leiter der Morduntersuchungsgruppe fest. Was die Tugend der Frau betraf, machten sich die Herren so ihre Gedanken. Das große französische Bett mit dem Spiegel an der Zimmerdecke war untypisch für den Schlafplatz einer siebenundzwanzigjährigen Alleinstehenden. Es war eher ein Tummelplatz für gut bezahlte Spiele. Der Eindruck, vor dem Arbeitsplatz einer Edelprostituierten zu stehen, ließ die Kriminalisten nicht mehr los, als sie sich die Innenarchitektur des Schlafzimmers genauer betrachteten, nachdem die Tote abgeholt worden war. Indirekte Beleuchtung mit einstellbaren Helligkeitsstufen, gegenüber dem Bett eine gute Kopie Bouchers »Ruhendem Mädchen«, dazu dunkelrote Stofftapeten an den Wänden – all das verfestigte den Eindruck und damit auch den Verdacht, in welchen Kreisen der oder die Mörder zu suchen sind.

»Rosi Netbrit, geboren neunzehnhundertdreißig, ledig, Herr Kommissar«, zitierte Assistent. Kunnersbach aus dem Ausweis. Außerdem fanden die Kriminalbeamten noch ein kleines Notizbuch mit Goldprägung. Er blätterte routiniert darin und fand nur nichts sagende oder für einen Außenstehenden unverständliche Eintragungen. Interessant war jedoch der Adressenteil. Namen und Telefonnummern, darunter Prominente aus Wirtschaft, Politik, Kultur und Geisteswelt – Adressen von Männern, die in der Lage und willens sind, für eine Nacht einen dreistelligen Betrag zu zahlen... .

Die Sonne war gerade aufgegangen, als ein blauer *Borgward* in den Grenzübergang Dreilinden einfuhr. Da die Beamten an beiden Grenzübergängen noch müde waren, ließen sie den Wagen mit Düsseldorfer Kennzeichen passieren und nach Westberlin weiterfahren. Der Mann war übernächtigt und froh, als er auf dem Parkplatz eines unscheinbaren Hotels in Charlottenburg hielt. Man kannte ihn hier und er bekam vom Nachtportier seinen Zimmerschlüssel. Reiner Teller bewohnte immer das gleiche Hotel und Zimmer, wenn er sich in Berlin aufhielt.

Am späten Vormittag, er hatte gut geschlafen und ließ sich das Frühstück schmecken, war von der Angespanntheit der Nacht nichts mehr zu spüren. Seinen Auftrag hatte er erfüllt, wenn auch nicht alles so gelaufen war, wie er es sich gedacht hatte.

Als er in die Wohnung von Rosi Netbrit eindrang, hoffte er ungestört suchen zu können. Er fand sie erwürgt auf ihrem Bett. Süßlicher Geruch verriet ihm, dass der Mord schon einige Stunden zurückliegen musste. Das Telefon klingelte gedämpft. Teller hob nicht ab, sondern legte es behutsam auf den Boden ab und stellte den Nachttisch auf den Kopf. Fein säuberlich klebte eine Zigarettenschachtel am Boden des Schränkchens. Sie enthielt eine kleine Tonbandspule aus dem Schnellgeber und einen Mikrofilm. Rosi hatte den Film in einem leeren Werbedöschen für eine Hautcreme aufbewahrt. Die tote Frau störte ihn wenig. Nur der Umstand, dass plötzlich die Kripo in der Wohnung stehen könnte, hätte ihn in Erklärungsnot gebracht und zwang ihn, rasch und konzentriert zu arbeiten, ohne Spuren zu hinterlassen. Dass in wenigen Stunden die Spurensicherung der Düsseldorfer Polizei hier auf dem teuren Teppich stehen würde, war klar wie die sprichwörtliche Kloßbrühe. Er arbeitete mit Handschuhen aus dünnem Leder und die glatten Ledersohlen. hatte er gleich nach Betreten der Wohnung mit Salmiakgeist abgerieben und gesäubert.

Reiner Teller beendete sein spätes Frühstück und überlegte, wie es weiter gehen soll. Die Frage, wessen Kreise Rosi gestört hatte, lag auf der Hand. Er fragte sich, ob es sinnvoll sei, die Polizei bei ihren Ermittlungen auf Rosis andere Tätigkeit für den Geheimdienst aufmerksam zu machen. Er blickte auf die Uhr, ihm blieb noch eine reichliche Stunde. Vor elf Uhr brauchte er in der Berliner Mossadzentrale nicht erscheinen.

»Hier ist das Material aus Düsseldorf. Rosi ist tot.« Mit diesen Worten übergab Teller den Inhalt der Zigarettenschachtel. Die Frage nach den möglichen Mördern beantwortete er ausweichend. Dafür übergab er seine Mikrofilmkamera dem Chef mit den Worten: »In ihrer Handtasche fand ich ein Notizbuch mit zahlreichen Namen und Telefonnummern. Ich habe sie schnell noch fotografiert, bevor ich ging.« Die Frage, warum er nicht gleich das Original mitgebracht habe, beantwortete er mit dem Hinweis, der Kriminalpolizei nicht alle Arbeit abnehmen zu wollen. »Die Herren der Düsseldorfer Kripo wollen auch noch etwas zu tun haben. Außerdem stehen ihnen andere Ermittlungskanäle zur Verfügung als uns.« Nach einer kurzen gedanklichen Pause fügte er noch hinzu: »... und wenn sie was herausbekommen, erfahre ich es auch.«

# II.

Die Frau ließ den Brief sinken und starrte ins Leere. Vorsichtig nahm die Dreizehnjährige ihrer Mutter den Brief aus der Hand.

*...teile ich Ihnen mit, daß Ihr Mann, Unteroffizier Otto Menzel, für Führer, Volk und Vaterland gefallen ist.*

Schlagartig war Monika klar, dass sich nun ihr Leben und das ihrer zwei jüngeren Geschwister ändern und nichts mehr so sein würde wie früher. Doch vorerst ging das Leben in dem pommerschen Städtchen so weiter wie bisher. Sie und ihre Geschwister gingen in die Schule und Mutter arbeitete in der Konservenfabrik. Den Krieg kannten sie nur aus Zeitungen und Radio. Vor Bombenangriffen blieben sie bisher verschont. Erst im Frühjahr neunzehnhundertfünfundvierzig wurde es hektisch, als überstürzt die Evakuierung befohlen wurde. Dank Mutters guter Beziehung zu Onkel Rolf, einem Eisenbahner, bekamen sie alle vier Platz in einem Personenwagen, der sie ins Ruhrgebiet brachte. Am Rande des stark zerbomten Essens zogen sie in ein knapp fünfzig Quadratmeter großes Notquartier. Der Krieg ging zu Ende und die fünfzehnjährige Monika fand Arbeit in einer Wäscherei, die in einer Kellerruine Einzug gehalten hatte. Bei allen Widrigkeiten eine gute Lösung.

»Besorgen Sie sich Aspirin, Frau Menzel. Ich gebe Ihnen ein Rezept. Manchmal haben die Apotheken etwas«, sagte der Arzt und als er die Schlafzimmertür geschlossen hatte, leise zu Monika: »Es sieht nicht gut für Ihre Mutter aus. Haben Sie etwas, was Sie auf dem Schwarzmarkt eintauschen können? Einen anderen Tipp kann ich Ihnen nicht geben.«

Monika suchte die restlichen Zigarettenkarten zusammen, um sie einzutauschen. Sie stand schon fast eine dreiviertel Stunde und wollte gerade wieder gehen, als die Siebzehnjährige von einem Mann in Uniform angesprochen wurde. Er machte ihr deutlich klar, dass er nicht an ihren Zigarettenkarten, sondern an ihr persönlich interessiert sei. Dann nannte er ihr eine Adresse, wo er sie in zwei Stunden mit Aspirin erwarten würde. So begann Monika Menzels zweite berufliche Karriere neben der einer Wäscherin. Sie erkannte, dass man mit einer solchen Tätigkeit besser verdient und darüber hinaus an Dinge herankommt, die, zwei Jahre nach dem Krieg, immer noch nicht erhältlich waren. Beliebt waren vor allem die Besatzer, sie hatten alles. Es blieb nicht aus, dass sie i h n kennen lernte, den Zuhälter. Natürlich musste sie abgeben, vor allem Geld. Aber er war es auch, der ihr Kunden und Quartiere verschaffte, in einem Umfang, den sie allein hätte nicht bewältigen können. Ihr Klaus verstand etwas vom Geschäft. Verhinderte er doch unliebsame Zusammenstöße mit der Polizei. Eine Nacht auf dem Revier brachte nicht nur Scherereien, sondern auch Verdienstausfall.

Ihren Beruf als Wäscherin hängte sie an den Nagel. Vorhaltungen der Mutter bügelte sie mit dem Hinweis ab, dass ihre monatlichen Beiträge zum häuslichen Wirtschaftsgeld nicht unerheblich seien. Zumal jetzt, nach der Währungsreform das Geld wieder etwas Wert war. Als Mutters Hausfreund, Schwager und Onkel Rolf einmal handgreiflich wurde, zog sie von zu Hause fort und richtete sich bei Klaus häuslich ein. Rolf Menzel, verheiratet und Hausfreund seiner verwitweten Schwägerin, war nicht gerade prädestiniert als erzieherisches Vorbild für Monika zu dienen. (Später erfuhr sie, dass Onkel Rolf mit ihrer jüngeren Schwester, als diese achtzehn wurde, ein Verhältnis einging.)

Monika schaute in den Spiegel. Die letzte Nacht war nicht spurlos an ihr vorüber gegangen. Turbulent ging es auf ihrer Geburtstagsparty zu ihrem zwanzigsten her. Das letzte Jahr war nicht leicht gewesen. Bei Klaus war sie ausgezogen, ihre Beziehung zu ihm beschränkte sich nur noch auf den geschäftlichen Teil. Wie lange noch? Klaus verlor auch zunehmend Interesse an ihr. »Ich brauche für meinen Laden Frischfleisch«, gab er unverblümt zu. Es war also nur noch eine Frage von Wochen, bis sie aus seinem als Kneipe getarnten Bordell herausflog.... Sie verließ die Wohnung. Ein paar Sonnenstrahlen und frische Luft würden ihr und ihrem Teint gut tun. Auf der Straße kam sie nicht weit. Mit ihrem rechten Absatz blieb sie in einem Schleusendeckel hängen. Der Befreiungsversuch des Schuhes gelang zwar, aber der Absatz blieb stecken. Sie humpelte zu einer nahe gelegenen Tankstelle und bat um Hilfe. Aber die Männer in der Werkstatt hatten alle Hände voll zu tun und schickten sie zu einem Schuster in die Innenstadt. Bis dahin war es über ein Kilometer.

»Steigen Sie ein, Fräulein, ich bringe Sie hin«, sagte eine Männerstimme aus einem *Borgward* heraus. Monika stieg zu. Der Mann war etwa Anfang dreißig und sprach mit leichtem Akzent, einem Akzent, den sie nicht einordnen konnte. Offensichtlich kam er nicht aus Westeuropa oder den Staaten. Seine Frage nach ihrem Beruf beantwortete sie scherzhaft mit »Anstandsdame«. Er stellte sich ihr als Journalist vor und nachdem er begriffen hatte, wer da neben ihm saß, versprach er ihr, sie am Abend als Kunde zu besuchen. Sie saßen noch eine ganze Weile vor dem Laden des Schusters im Auto. So erfuhr Reiner Teller so ziemlich den ganzen Lebenslauf der zwanzigjährigen Monika. Als Reiner am Abend bei ihr erschien, legte er nicht nur das Geld für das Schäferstündchen hin, sondern drückte ihr ein kleines Päckchen als nachträgliches Geburtstagsgeschenk in die Hand. Sie packte es aus. Einen roten Seidenschal, gut zu ihren blonden Haaren passend, hatte er ihr mitgebracht. Unüblich gegenüber einem Freier bedankte sie sich mit einem Kuss. Auch das anschließende Miteinander ging über das kommerzielle Engagement hinaus... . Eine vorsichtige Anfrage nach einem beruflichen Wechsel erzeugte bei seiner Gesprächspartnerin nur ein lautes nicht ganz echtes Lachen. »Es gibt nun mal keinen Beruf für eine Frau ohne richtigen Schulabschluss, der so gut bezahlt wird«, meinte Monika. Als sie verstohlen zur Uhr sah, weil er seine bezahlte Besuchszeit beträchtlich überschritten hatte, legte er einhundert Dollar mit den Worten drauf: »Wenn du willst, bringe ich dich groß raus. Du wirst Männer mit Geld und Einfluss kennen lernen – und, was noch wichtiger ist, einen Zuhälter wirst du nicht mehr brauchen. Wir übernehmen das, mit dem Unterschied, dass wir kein Geld von dir wollen.« Mit der Aufforderung, ihn einmal zu besuchen, drückte er ihr seine Adresse in die Hand.

Sechs Frauen und siebzehn Männer saßen in den Schulbänken. Vor den Fenstern zwitscherten Vögel und der Wald lag nur wenige Schritte entfernt. Hier im Erdgeschoss ging auch niemand durch die Tür. Wer den Raum verließ, kletterte einfach durchs Fenster. Aber im Augenblick hatte keiner einen Blick für die Naturschönheiten. Sie alle hatten ein zigarrenschachtelgroßes Tonbandgerät vor sich liegen, mit Spulen, die auf der Handfläche Platz fanden, auch auf der einer Frau. »Umgang mit dem Schnellgeber« stand auf dem Stundenplan der militärischen Spezialschule. Monikas blonde Locken beugten sich interessiert über die Schachtel. Die olivenfarbene Kombination hob ihr Haar noch besser als jedes bunte Kleid hervor. Reiners roter Seidenschal verstärkte den

Reiz noch. Die anderen Frauen trugen ebenfalls etwas Persönliches, während ihre männlichen Mitschüler auf jegliches modische Beiwerk auf und an ihrer Uniform verzichteten.

Monika hatte sich dieses seltene Angebot des Herrn Teller reiflich überlegt. So richtig kam sie aus ihrem Milieu nicht heraus – Prostitution im Dienste der Spionage hieß die Aufgabe. Aber sie war jung und der Reiz des Unbekannten lockte und sie nahm das Angebot an. Mit Klaus und seinem Laden hatte sie umgehend Schluss gemacht. Bis zum Beginn des Lehrganges wohnte sie bei Reiner. Nun saßen sie hier im Teutoburger Wald in einer britischen Kaserne und erlernten das Spionagehandwerk: Funken, Fotografieren auf Mikrofilm und Schießen. Die männlichen Teilnehmer erhielten noch eine Nahkampfausbildung und erfuhren etwas zum Umgang mit Sprengmitteln. Die Frauen wurden speziell für ihre Tätigkeiten in Büros, Telefonzentralen und im kulturellen Bereich, zu dem man auch die Prostitution zählte, vorbereitet. Ein breites Feld nahm auch Befragungstechnik und Konversation ein. Ja auch Etikette und Tischsitten standen auf dem Lehrplan für beide Geschlechter. »Ein guter Spion muss nicht nur in einer Hafenkneipe zu Hause sein, sondern auch auf einem Diplomatenball«, erläuterte die Lehrerin ihren Zuhörern dieses Fach, dem man zuerst mit Kopfschütteln begegnet war. Aber mit der Zeit begriff Monika, dass es gut ist, ein Butter- von einem Käsemesser zu unterscheiden, das Süßweinglas nicht mit dem für Weißwein oder der Sektschale zu verwechseln und zu wissen, wen man mit Mister oder mit Sir anzureden hat. Krebse zu zerlegen und Spargel zu schlürfen machte ihr bald ebensolchen Spaß, wie das Zerlegen und Zusammensetzen einer Pistole.

Klaus war über Monikas Weggang doch etwas überrascht, zumal er noch keine geeignete Nachfolgerin hatte. Letztlich war sie durchaus ein gutes »Pferd im Stall«. Als er nach drei Tagen, nach dem letzten Streit, noch kein Lebenszeichen von ihr vernommen hatte, begann er nachzuforschen. Ein Privatdetektiv fand den Taxifahrer der Monika abgeholt hatte. Dann war es auch für diesen nicht schwer, Reiner Teller aufzutreiben. Nun entschloss sich Klaus, dem Mann etwas auf den Zahn zu fühlen und eine Ablösesumme für Monika zu erpressen. Doch die Begegnung lief nicht so, wie Klaus sie sich vorstellte. Als eine seiner beiden Unterweltgestalten ein Klappmesser öffnete, traf diesen ein Faustschlag und der angebliche Journalist und Freund von Monika hielt plötzlich eine Pistole in der Hand. Er forderte ein Unter-vier-Augen-Gespräch. Dem Zuhälter blieb nichts weiter übrig, als seine Begleiter wegzuschicken.

»Herr Reuter, oder soll ich Herr Hendriks sagen? Wenn Sie weiter ein sorgenfreies Leben führen wollen, dann lassen Sie mich in Ruhe und vergessen Monika. Haben Sie das verstanden, Oberscharführer?« Der Zuhälter nahm unwillkürlich Haltung an ob des Kommandotons, den sein Gegenüber anschlug. Reiner Teller überlegte lange, ob er es dabei belassen solle oder ob es zweckmäßig sei, den Zuhälter und ehemaligen SS-Mann aus dem Verkehr zu ziehen. Schließlich hatte man einiges über ihn in Erfahrung bringen können. Weitere Recherchen ergaben, dass er keineswegs nur ein schlichter Oberscharführer war, sondern seine Einheit bei der Partisanenbekämpfung in Frankreich Kriegsverbrechen begangen hatte. Ein offizielles Schreiben nach Ludwigsburg an die Bundesstelle zur Aufarbeitung von NS-Verbrechen über den Zuhälter Klaus Reuter, alias Klaus-Dieter Hendriks beendete dessen berufliche Tätigkeit und führte zur Schließung seines Bordells. (Die Stadtverwaltung vermietete daraufhin das Haus an die Caritas, die dringend ein Grundstück brauchte.) Mit dessen Verhaftung war eine wesentliche Brücke zur Vergangenheit Monikas abgebrochen und das Terrain für ihre zukünftige Arbeit bereitet. Von alledem bekam sie vorerst nichts mit.

## III.

Boris packte sein Angelzeug zusammen und schwang sich auf sein Fahrrad. Nach einer Viertelstunde stand er vor ihrem Häuschen am Waldrand. Walja lachte und wartete bereits auf ihn. Ein warmer Sommersonntag stand den beiden bevor. Ihre Mutter grüßte zurückhaltend. Der Liebe ihrer Tochter zu dem jüdischen Ukrainer stand sie mit gemischten Gefühlen gegenüber. Dass der junge Mann gerade dabei war, seine Tuberkulose auszuheilen, entsprach so gar nicht ihren Vorstellungen von einem Schwiegersohn. Ihre Tochter hatte ihn als Krankenschwester im Sanatorium kennen gelernt. Boris war ihr Patient. Kopfschüttelnd schaute sie beiden hinterher. Boris und Walja liebten das Alleinsein am Weiher. Er hatte die Angelrute im Ufergebüsch befestigt und hatte so Zeit, sich umfassend – im wahrsten Sinne des Wortes - seiner Walja zu widmen. Die Achtzehnjährige genoss die erste Liebe ihres Lebens. – Dass er ihr Patient war, störte sie wenig, ebenso wenig seine jüdische Herkunft. Die anderen Burschen seines Alters waren alle Soldaten. Sie hatte ihn bei sich und ihrer gemeinsamen Zukunft stand nichts im Wege. Im September wollte Boris sein Ingenieurstudium am Kiewer Technikum beginnen. Damit blieb er in der Stadt und bei ihr. Am Nachmittag fuhren sie zurück. Bei Walja angekommen, machten die Eltern ein betretenes Gesicht. Boris wollte sich verabschieden, wurde aber zu seinem Erstaunen zum Bleiben aufgefordert.

»So ein Unglück! Kinder, es ist Krieg!« sprach Waljas Mutter. Im Radio wiederholte man das Bulletin des Oberkommandos. Der Sprecher sprach von schweren Abwehrkämpfen an den Flüssen Bug und Narwa. Boris überschlug in Gedanken die Entfernung zwischen der Grenzstadt Brest und Kiew. Bei über sechshundert Kilometern glaubte er, werde der Krieg die Hauptstadt der Ukraine nicht erreichen. Mit dem Glauben an die Propaganda, dass die Rote Armee gegen jeden Aggressor gewappnet sei, meinte Boris: »Bis zu uns werden sie nicht kommen, aber unser Leben wird durch den Krieg schwerer werden. Glück und Wohlstand werden in eine ferne Zukunft rücken.« Die anderen nickten schweigend. Keiner ahnte an diesem Juniabend neunzehnhunderteinundvierzig, welche Katastrophe ihnen allen noch bevorstand.

An eine Studienaufnahme war nicht zu denken. Als Soldat untauglich, wurde Boris zur Eisenbahn ins Depot dienstverpflichtet. Walja blieb ebenfalls in Kiew und arbeitete in einem großen Lazarett als Krankenschwester. Bereits nach wenigen Tagen kamen, was die Standhaftigkeit der Armee betraf, Zweifel auf. Immer häufiger wurden Namen weißrussischer und südukrainischer Städte genannt, die den Deutschen in die Hände fielen. Walja kam abends immer schweigend vom Dienst. Sie hörte von den Verwundeten, sozusagen aus erster Hand, was der Rundfunk und die Zeitungen verschwiegen. Als im Juli die ersten Schwerverletzten aus Minsk eintrafen, hatte von den Kämpfen in dieser Stadt noch niemand etwas gehört. Eines Abends brach es aus Walja heraus: »Es ist furchtbar. Wir bekommen zunehmend auch höhere Offiziere als schwer verletzte Patienten. Heute war sogar ein General darunter. Er sagte uns, dass ihn das alles an achtzehnhundertzwölf erinnere. Hitler stöße mit gewaltigen Kräften auf Moskau. Wir, hier in Kiew, werden ebenfalls daran glauben müssen. Die Ukraine wird dem Gegner in die Hand fallen.« Dabei schaute sie Boris erschrocken an und sagte: "Du bist Jude! Sieh, dass du hier wegkommst. Lass dich mit den verlagerten Betrieben ins Hinterland schicken« oder – und dabei legte sie ihre Hände um seine Hüften und schaute zu ihm auf, »Lass uns heiraten und ziehe hierher, weg aus dem Judenbezirk.«

»Und was wird aus dir, Walja?«, erwiderte er erschrocken. Doch Walja beruhigte ihn. Sie sei Krankenschwester und Ukrainerin.» Was sollen sie mir tun?« Gerade, als ob sie sich selbst beruhigen wollte, meinte sie: »Krankenschwestern werden immer gebraucht. Wenn sie hier sind, werde ich eben auch die Deutschen pflegen.«

Boris wusch sich notdürftig die Hände. Man hatte ihn zum Parteisekretär bestellt. Neben diesem hatten zwei ihm unbekannte Männer Platz genommen. Man sprach, zu Boris´ Überraschung von der bevorstehenden Besetzung der Stadt und davon, im Hinterland des Gegners, den Partisanenkampf zu organisieren. Ausgehend von seiner gesundheitlichen Beeinträchtigung, solle er weiter im Depot arbeiten. Man brauche nicht nur Partisanen, die mit der Waffe in der Hand gegen die Okkupanten kämpfen, sondern auch Männer und Frauen, die an der geheimen Front tätig werden. So wurde Boris Partisan im Dienste des NKWD.
Boris wartete in der Nähe des Lazarettes auf Walja. Er wagte sich nicht nach Hause. Im Judenviertel hatte es Pogrome gegeben. Wo blieb seine Frau? Länger als eine halbe Stunde durfte er hier nicht bleiben. Die Sperrstunde stand bevor. Als Eisenbahner hatte er zwar einen Sonderausweis, wollte aber in dieser Situation nicht unnötig bei den Besatzern Aufsehen erregen. Beunruhigt

14

ging er nach Hause. Er grübelte vor sich hin und ließ das letzte halbe Jahr Revue passieren. Schon unter dem Donner der Kanonen hatten sie geheiratet und er war zu ihr gezogen. Als die Stadt bereits eingekesselt war, kamen jene Männer, die ihn im Parteisekretariat angesprochen hatten, eines Abends zu ihnen. Zu viert saßen sie bis in die Nacht und sprachen über die kommenden Zeiten und die Aufgaben, die auf sie warteten. Ob im Depot oder im Lazarett, man wolle von allen wichtigen Punkten in der Stadt wissen, was der Gegner mache. Dann wurden ihnen Deckadressen und Übermittlungskanäle für die Nachrichten genannt. Auch müsse der Moskauer Rundfunk zu bestimmten Zeiten heimlich gehört werden. Eine Liste zur Entschlüsselung von Rundfunkmeldungen wurde unter der Tischplatte des Küchentisches versteckt. Boris hatte Mühe, die Papiere so anzubringen, dass sie beim Öffnen des Tischkastens nicht klemmten oder gar herausgerissen wurden.

Am nächsten Tag kam eine Kollegin und teilte Boris mit, dass man Walja abgeholt habe. »Rassenschande« lautete der Vorwurf, weil ein leichtverletzter deutscher Feldwebel ihr zu nahe getreten war und von ihr eine Ohrfeige bekam. Der Chefarzt, der sich sonst bei Konflikten zwischen seinen Patienten und dem Personal in der Regel hinter seine Mitarbeiter und Krankenschwestern, auch die ukrainischen, stellte, blieb dieses Mal erstaunlich tatenlos. Als man bei der Spinddurchsuchung ein Flugblatt mit Hammer und Sichel bei ihr fand, das sie nicht abgegeben hatte, war ihr Schicksal besiegelt. Erst nach der Befreiung erfuhr Boris, dass Walja unter der Anklage der »Feindbegünstigung« erschossen wurde. Sie war gerade neunzehn Jahre. Nach der Verhaftung Waljas bekam Boris die Order, die Stadt zu verlassen und zu den Partisanen zu gehen. Aber wie groß war sein Erstaunen, als er merkte, dass er bei einer ukrainischen Einheit gelandet war, die nicht nur für die Vertreibung der deutschen Besatzer, sondern auch für ein unabhängiges Land kämpfte, für eine freie Ukraine und keine Sowjetukraine. Die als Nationalisten Verunglimpften, hatten ihm das Leben gerettet und dafür gesorgt, dass er nach der Verhaftung seiner Frau untertauchen konnte. Der sowjetische Geheimdienst hätte seine Festnahme durch die Gestapo billigend in Kauf genommen. Als Enttarnter war er für sie wertlos.

Der Sieg über Nazideutschland brachte nicht die erhoffte Befreiung vom Sowjetsystem. Im Gegenteil, alle von der Roten Armee besetzten Gebiete, einschließlich eines Teils von Deutschland, verblieben im sowjetischen Machtbereich. Die Kämpfe in den Karpaten und der Westukraine zogen sich zwar noch einige Jahre nach Ende des Krieges hin, aber die Staaten des Westens legten sich nicht mit ihrem ehemaligen Verbündeten, der Sowjetunion, an. Das zwang die Kämpfer diesseits und jenseits der neuen polnisch-sowjetischen Grenze den Krieg zu beenden und ins Exil oder nach Hause zu gehen. Boris hatte von dem neuen Heimatland der Juden, Israel gehört. In Kiew wartete niemand mehr auf ihn und so entschloss er sich, auszuwandern.


Die Spielkonsole passte nicht so richtig zu dem Herrn im grauen Anzug mit tadellos gebundener Krawatte und den grau melierten Haaren unter den Weisheitswinkeln. Er schien eher einem Modemagazin für Herren entstiegen zu sein. Aber niemand der Anwesenden nahm Anstoß daran. Alle schauten gespannt auf das kleine Kettenfahrzeug, das an einem etwa drei Meter langen Kabel geführt wurde und nun auf die Gruppe zurollte. Die übrigen Zuschauer waren auch keine Schuljungen, die ein neues Spielzeug bewunderten, sondern ebenfalls Herren im besten Alter. Einer der Anwesenden trug sogar Uniform

mit einer goldenen »Hecke« auf den Schulterstücken.
Das Kettenfahrzeug rollte über einen kleinen Hügel.
Dabei drehte sich der Turm mit der angedeuteten Kanone
stets auf den Mann mit der Konsole in der Hand. Als das
Gefährt den Vordersten der Zuschauer beinahe berührte,
stoppte es.

»Fabelhaft, unwahrscheinlich, bemerkenswert«, waren
die Kommentare.

»Herr General, meine Herren, ich denke dieser Stabilisator hat nächstes Jahr die Serienreife erlangt. Wir danken
dem Bundesministerium für Verteidigung, das uns so
großzügig bei den Forschungs- und Entwicklungsarbeiten unterstützt hat. Ich möchte betonen, dass der
Einsatz des Stabilisators weit über die Belange der
Landesverteidigung hinausgeht und generell im Land-
und Luftfahrzeugbau Bedeutung erlangen wird. Bedeutung, meine Herren, die wir heute und hier noch gar nicht
absehen können.« Nachdem der Chefkonstrukteur, der
Mann an der Konsole, geendet hatte, wandte sich der
Brigadegeneral an die Teilnehmer:

»Herr Professor Hertenbach, meine Da..., meine Herren.
Ich will es kurz machen. Dieser Stabilisator wird die
Panzerwaffe revolutionieren. Wie ich aus den Vorbe-
sprechungen entnehmen konnte, sind wir hier in Deutschland führend in dieser Entwicklung. Ich hoffe, dass das
so bleibt.«

Abseits in einem Zelt war alles für einen kleinen Umtrunk
aufgebaut. Im zwanglosen Gespräch erkundigten sich die
Herren aus dem Verteidigungsministerium besorgt nach
den Vorkehrungen bezüglich des Geheimnisschutzes und
erinnerten dabei an die erfolgreiche Atomspionage der
Sowjets während und nach dem Krieg. Einer der Wirt-
schaftsbosse meinte, während er herzhaft in ein Kaviar-
brötchen biss, einen Vorsprung von maximal zwei Jahren
halten zu können. Zu vorgeschrittener Stunde gesellten

sich D a m e n zu der erlauchten Runde. Sie waren zur Feier des Tages extra von der Firmenleitung engagiert worden. Zum Corps de amour gehörte auch die »blonde Rosi«. Die Rosi Netbrit auf der Firmenfeier hatte mit der Allerweltshure Monika Menzel nichts mehr gemein. Die Vergangenheit war abgeschlossen. Mit ihrer Familie telefonierte sie vielleicht zweimal im Jahr und gratulierte zu den Geburtstagen und zum neuen Jahr.

Reiner Teller legte den Hörer auf die Gabel zurück. Rosi hatte sich gemeldet. Sie war drin. Drin in jenem elitären Klub von Mädchen, die für Partys und andere Veranstaltungen der oberen Zehntausend zur Verfügung standen. Dabei blieb es nicht aus, dass Kontakte auf Eigeninitiative zustande kamen und auf eigene Rechnung gingen. Die Zuhälteragentur blieb dann außen vor. Bemerkenswert auch, was Rosi dabei erfahren und gesehen hatte. Sie bekam immerhin so viel mit, dass ein neues Waffensystem im Panzerbau Gegenstand der Feier war. Nun ging es darum, Einzelheiten in Erfahrung zu bringen.

Es war ein weiter Weg von Boris Tarelka zum Reiner Teller, dem Korrespondenten einer namhaften französischen Zeitung. Mit *weit* war nicht nur die Strecke Kiew-Tel Aviv-Düsseldorf gemeint. Auch der Lebensweg vom ukrainisch-jüdischen Jungen über den NKWD-Partisan zum ukrainischen Freiheitskämpfer war schwer und schmerzlich. Seit dem Tod seiner Frau hatte er sich bisher nicht wieder verheiratet. In Tel Aviv sah es so aus, dass das Lebensglück sich seiner wieder annimmt. Mit einer verheirateten Frau einen Neubeginn wagen, wollte er dann doch nicht. Dann war es wieder wie neunzehnhunderteinundvierzig. Zwei Männer traten an ihn heran, mit der Bitte, nach Europa zu gehen und im Auftrag des Mossad zu recherchieren. Seiner guten Deutschkenntnisse wegen wurde er zum Elsässer mit deutschem

Namen und einem französischen Pass in die Bundesrepublik geschickt. Hier begann er ein Nachrichtennetz aufzubauen, zu dem auch Rosi gehörte, nachdem sie die Spionageschule erfolgreich beendet hatte.

## IV.

Der Mann an der Rezeption schaute misstrauisch auf die junge Dame, die vermutlich keine wirkliche Dame war. Man liebte solche Laufkundschaft nicht im Foyer des Frankfurter Fünfsternehotels. Zugegeben, die junge Frau war geschmackvoll gekleidet. Fingernagelfarbe, Handtasche und Schuhe waren aufeinander abgestimmt. Ihre Garderobe hatte sie auch nicht aus den Wühltischen des Sommerschlussverkaufes gezogen – und trotzdem, wie sie ihre schönen langen Beine zur Schau stellte, wirkte etwas penetrant. Da erschien der Herr aus Zimmer 242, ging auf die Langbeinige zu und küsste ihre Hand. Dann strich er mit einem freundlichen Lächeln, wie es ältere Herren gegenüber jungen Frauen oft aufsetzen, über das lange schwarze Haar. Sie hatte ihre Sonnenbrille abgenommen, nannte ihn Cheri und gab ihm einen huldvollen Kuss auf die Wange. Der Mann hinter dem Tresen der Rezeption kam nicht umhin, ihr ein angemessenes Benehmen zu bescheinigen, soweit er das aus den Augenwinkeln beobachten konnte. Wenn sie schon so *eine* war, dann zumindest eine mit Niveau. Bei ihr eingehenkt trat der Herr an den Tresen und verlangte seinen Zimmerschlüssel, der ihm auch anstandslos ausgehändigt wurde. Die Diskretion des Hauses und auch der Zimmerpreis verboten einen Hinweis auf den Kuppelparagrafen und die Forderung an die junge Dame, sich einzutragen. Der Nachtportier warf einen Blick zur Uhr. Der neue Tag war bereits eine Stunde alt.

19

Ein Geräusch, wie beim Zertreten eines größeren Insektes, wenn die Chitinhülle zerbricht, erzeugte der Bruch des Kehlkopfes, als sich die Drahtschlinge mit einem Ruck zuzog. Der Mann neben ihr im Hotelbett war tot. Rosi stand auf und schob sich die schwarze Perücke vom Kopf, trat an das Fenster und öffnete es. Ihre bis zum Ellenbogen reichenden dünnen Lederhandschuhe behielt sie an. Hände und Unterarme waren im Augenblick ihre einzigen bedeckten Körperpartien. Hier und jetzt konnte sie ungestört rauchen. Der Bürobau gegenüber war um diese Zeit leer. Niemand konnte sie beobachten. Die Kippe landete im Waschbecken.

Sie schaute zur Uhr. Es war kurz vor zwei Uhr. Eine knappe Stunde hatte sie mit dem Vieh, wie sie den Hotelgast abfällig nannte, zugebracht. Dann war er eingeschlafen. »Wenn er morgen früh aufwacht, ist er tot«, dachte Rosi und musste über die Widersinnigkeit dieses Gedankens lächeln. Vor acht durfte sie das Zimmer nicht verlassen, wenn sie unnötiges Aufsehen vermeiden wollte.

Sie legte sich auf die Couch und schlief ein. Wegen des zu erwartenden Geruchs, ließ sie das Fenster geöffnet. Dem Morgendienst an der Rezeption lächelte Rosi ein »Guten Morgen« zu, ehe sie sich einen Kaffee bestellte. Nachdem sie in Ruhe getrunken und eine geraucht hatte, verließ sie das Hotel. Sie ging am Taxistand vorbei und an der Haltestelle der Straßenbahn. In einer Seitenstraße stand ein *Borgward*. Ehe sie zustieg, drehte sie sich noch einmal abrupt um – niemand folgte ihr. Im Auto legte sie die langsam lästig werdende Perücke ab. Reiner brachte sie zurück nach Düsseldorf in seine Wohnung, wo sie sich duschen und sämtliche Garderobe wechseln konnte. Die Perücke wurde erst ausgekämmt, ehe sie auf einem Ständer im Schrank verschwand. Die blonde Frau, die das Haus nach einer Stunde verließ, angetan mit einem

Pulli und Jeans, hatte mit jener aus dem Hotel nichts mehr gemein.

Der Hoteldetektiv ahnte es sofort: der Mord glich eher einem Attentat. Bestärkt wurde er darin, dass man beim Toten immerhin über siebzig Mark an Bargeld (wie viel Geld wirklich in der Brieftasche war, war nicht feststellbar) und eine teure Armbanduhr, aber keinerlei Spuren von der Frau, die sich nach Aussagen des Nachtportiers bei ihm aufgehalten hatte, fand. Die einsetzende Fahndung nach der geheimnisvollen schönen Schwarzhaarigen erbrachte trotz Phantombild keine Ergebnisse. Spuren am Frühstücksgeschirr der Dame waren von der Spülmaschine, jetzt, am späten Vormittag, längst beseitigt.

»Hier waren Profis am Werk«, meinte der Kommissar ob des mageren Ergebnisses der Spurensuche. Er schüttelte ob der Kaltblütigkeit der jungen Dame den Kopf. Der Tod war gegen zwei Uhr nachts eingetreten. Nach sechs Stunden erschien die mutmaßliche Mörderin seelenruhig in der Hotelhalle, trank Kaffee und rauchte. »Wer bringt so was fertig?«, fragten sich die Männer der Kripo. Der Mordfall landete bei den Akten, nachdem Recherchen im Rotlichtmilieu keinerlei Hinweise ergaben. Prostituierte, die eine Ähnlichkeit mit dem Phantombild aufwiesen hatten ein Alibi, oder wurden bei der Gegenüberstellung mit dem Hotelpersonal nicht als Täterin ausgemacht. Die Idee, die Fahndung auf andere Städte auszudehnen, ließ man wegen chronischer Überlastung fallen.

»Wer war eigentlich der Tote?«, wollte der Kriminalrat wissen, ehe er sich entschloss, seine Zustimmung zum Abbruch der Ermittlungen zu geben. »Die Durchsuchung seiner Wohnung und die Befragung seiner Mitarbeiter ergab, dass er erfolgreich im Im- und Export tätig war, insbesondere im Waffenhandel Richtung Nahost. Wen er mit seiner Tätigkeit gestört hat, bleibt Vermutung, die Konkurrenz oder den potenziellen Gegner der Waffenkäufer«, erklärte der Leiter der Morduntersuchungskommission seinem Chef die Zusammenhänge. Die Frage nach den Kunden wurde mit arabischen Staaten beantwortet, sodass es den Beteiligten klar war, dass Israel Interesse an dem Abbruch der Waffengeschäfte haben könnte und seinen Geheimdienst in die Spur geschickt hatte. Für die Familie des Toten war es unfassbar, dass der im Ruf eines Familienmenschen Stehende, eine solche Frau an sich heran ließ, die dann derart mit ihm umging. Das Wissen um die Umstände des Todes ihres Mannes dämpften die Trauergefühle der Witwe.

## V.

Im abgedunkelten Raum standen ein Dia - Projektor und eine Schmalfilmmaschine startbereit. Zuerst wurden einige Dias von Gebäuden gezeigt, danach folgten die Portraits einiger Herren. So auch das von Professor Hertenbach. Der Vorführraum gehörte jedoch nicht in die Konzernzentrale eines namhaften Rüstungskonzerns, sondern war in (Ost-) Berlin, in einem der zahlreichen Büros der Staatssicherheit untergebracht. Die Staatssicherheit hatte inzwischen auch von dem neuen Projekt im Panzerbau erfahren und war, zusammen mit ihren Freunden vom NKWD, an näheren Einzelheiten interessiert. Dann folgte ein etwas vergrieselter Lehrfilm der Wehrmacht über Einsatzprinzipien der Panzerwaffe. Er war an die waffenunkundigen Geheimdienstler gerichtet. Da über die Wirkungsweise des neuen Stabilisators kein Filmmaterial vorlag, wurden dessen Vorzüge durch einen Fachmann mündlich erläutert. Man war sich einig, dass dringend jemand vor Ort aufklären müsse... .

Wie ein Schutzwall säumten die kleinen Gläser den

Tresen hinter denen Daniel Albrecht in Deckung gegangen war. Er erntete zum Teil bewundernde Blicke dafür, dass er noch nicht vom Barhocker gekippt war und andererseits schlug ihm, ob des hohen Kognakverbrauches, Mitleid entgegen. Als der Journalist Reiner Teller die Kneipe betrat, wurde gerade wieder ein kleiner Brauner auf den Tresen gestellt. Albrecht genoss noch einen Augenblick das volle Glas und rauchte seine *Ernte 23* fertig. Teller ließ sich neben ihm auf den Barhocker nieder und bestellte ein Bier. Da Betrunkenen oft ein reges Mitteilungsbedürfnis eigen ist, blieb es nicht aus, dass Reiner Teller ungefragt angesprochen wurde: »Nicht wahr, die Weiber taugen nichts mehr!« Mit einem »Du sagst es«, prostete Reiner ihm zu. Es war nur eine Frage der Zeit und der Journalist war von dem Ehedrama des am Vormittag geschiedenen Dr. Daniel Albrecht umfassend informiert. Wie in vielen Fällen, stand Dr. Albrecht nicht nur vor einem ehelichen Scherbenhaufen, sondern auch vor einem Berg Schulden und Verpflichtungen gegenüber seinem Sohn und der Exehefrau. All das ließ seine finanzielle Zukunft in einem trüben Licht erscheinen. Aber Reiner Teller erfuhr auch noch etwas für ihn viel interessanteres. Albrecht arbeitete in jenem Betrieb, bei dessen Party Rosi vor Kurzem tätig werden durfte, dessen Forschungsergebnisse für die Landesverteidigung von eminenter Wichtigkeit waren. Ließe sich da nicht ansetzen?

»Sieh nicht so schwarz Kumpel. Wenn es dir bloß ums Geld geht, kann ich dir einen Nebenverdienst verschaffen, am Finanzamt und deiner Exfrau vorbei.« Dann drückte er ihm einen Zettel mit seiner Telefonnummer in die Hand, zahlte und ging. Es wäre sinnlos, den frisch Geschiedenen und Besoffenen in die Spionagearbeit für den Mossad einzuweisen. Dafür bedarf es eines klaren Kopfes.

Man saß gemütlich auf der Couch. Man, das waren Reiner Teller, Rosi Netbrit und Dr. Daniel Albrecht. Albrechts anfänglich zwiespältigen Gefühle zum Spionageangebot verflogen, als er die in Aussicht gestellten Bezüge genannt bekam. Als Reiner das Zimmer verlassen hatte, fragte ihn Rosi, wie er den mit dem Alleinsein, besonders nachts zurechtkäme. »Schlecht«, war seine aufrichtige Antwort. Rosi setzte sich neben ihn auf das Sofa und ließ durchblicken, dass er ihr durchaus als Mann gefiele. Seine zögerliche Frage, wie sie denn zu Reiner stehe, beantwortete sie mit: »Wir sind nur befreundet.« Mit dem Hinweis, dass es hier zu eng sei, bat sie ihn noch auf einen Kaffee mit zu ihr zu kommen... . Als sich Albrecht und Teller nach wenigen Tagen wieder trafen, entschuldigte sich Albrecht für den plötzlichen Aufbruch. Teller beruhigte ihn: »Rosi hat mich schon angerufen. Ich weiß Bescheid.«

Name? »Peter Penzberg«
Geboren wann und wo? » Am dreiundzwanzigsten April neunzehnhundertsiebenundzwanzig in Berlin.«
Familienstand? »Ledig, keine Kinder.«
Dem Vernehmer zuckten nur leicht die Mundwinkel ob der Schlagfertigkeit.
Ihr letzter Arbeitgeber? »Deutsche Volkspolizei, Kreisdienststelle Prenzlauer Berg. Letzter Dienstgrad Hauptwachtmeister.«
Vorbestraft? »Wegen Verrat von Dienstgeheimnissen und Boykotthetze.«
Wann und wo eingesessen? »Von neunzehnhundertneunundvierzig bis neunzehnhundertfünfundfünfzig in Niederschönhausen.«
Wann übergesiedelt? »Am zweiten Juli neunzehnhundertfünfundfünfzig nach Westberlin. Nach drei Wochen in den We..., in die Bundesrepublik ausgeflogen.«

Nachdem Peter Penzberg seine Papiere, die seine Aussagen bestätigten, abgegeben hatte, konnte er gehen. Die beiden Männer schauten sich an. Die Entscheidung, einen solchen Bewerber im Sicherheitsdienst der MASSENBACH AG zu beschäftigen, fiel nicht leicht.

»Politische Häftlinge halte ich für die zuverlässigsten, sie sind mit dem System in der Zone fertig«, meinte der Personalbeauftragte. Der Chef schüttelte verneinend mit dem Kopf und behielt sich eine Anfrage in Berlin vor. Insbesondere war ihm an Einzelheiten während der Haftzeit gelegen. Mit dem Hinweis, dass der Penzberg sich noch gedulden müsse, rief er den Nächsten herein.

Vier Wochen später lag ein Schreiben einer Privatdetektei und ein polizeiliches Führungszeugnis der Westberliner Polizei vor. Die Polizei bestätigte die Haftzeit und der Privatermittler hatte einen Mann ausfindig gemacht, der mit dem Penzberg gesessen hat. Von den Wärtern wäre er besonders schikaniert worden, da sie es dem abtrünnigen Polizisten, einem ehemaligen Kollegen, heimzahlen wollten. Der Informant selbst hatte zwischen neunzehnhundertfünfzig und -vierundfünfzig wegen Zoll- und Devisenvergehen gesessen.

»Die scheinen drüben politische und kriminelle zusammenzustecken.« Mit diesem Wort gab der Sicherheitschef seinem Personaler die Akte zurück und hakte nach: »Wissen wir, was der Penzberg inzwischen macht?« »Als gegenwärtigen Arbeitgeber nannte er uns eine Kohlehandlung«, bekam er zur Antwort. Nach Vorlage des Dossiers, entschloss man sich, Penzberg einzustellen und ihm sogar eine Dreiergruppe zu geben. Man schätzte seine Qualifizierung in den drei Jahren Volkspolizei besser ein, als die zahlreicher Bewerber, die nur bei der Wehrmacht mehr oder weniger lang den Krieg verlängern halfen. Der Chef kannte sich aus. Hatte er doch im Dritten

Reich bei der Gestapo Praxiserfahrungen sammeln können. Die anderen Herren seiner Führungsmannschaft waren durchweg länger gediente Unteroffiziere, so genannte Zwölfender, mit entsprechenden Fähigkeiten, die im Bewachungsgewerbe unabdingbar sind.

Müde kam Peter Penzberg nach Hause und fand einen Brief der MASSENBACH AG vor. Er ahnte, ja er befürchtete es sogar ein wenig, die Aufforderung am kommenden Ersten des Monats seinen Dienst bei der Sicherheitsabteilung anzutreten. Den ganzen Tag Kohlen schaufeln war anstrengend und wurde auch nicht gerade fürstlich bezahlt. Aber es war eine ehrliche Arbeit. Etwas Wehmut ergriff ihn, bei dem Gedanken seiner Kohlehandlung Ade sagen zu müssen. Hier argwöhnte ihm niemand und er musste nicht ständig die Augen offen halten und sie überall haben. Die Augen, vor allem hinten, wo normalerweise keine sind, waren unerlässlich. Das galt für ihn als Polizist und es galt vor allem jetzt als Kundschafter, wie man die Spione zu Hause, im Osten Deutschlands, betitelt. Nein, er, Peter Penzberg, war weder gefallener Polizist und aus der Zone geflohen, sondern Leutnant bei der Staatssicherheit im Auslandseinsatz. Verurteilung, Knast und Flucht waren nur Stationen auf dem Weg zu seiner Legende, die ihn in ein bedeutendes Rüstungswerk führen sollte... .

Rosi war verärgert. Dani, wie sie Herrn Dr. Albrecht nannte, rückte ihr zunehmend auf die Pelle. Er begriff nicht, dass so ein Gewerbe ihr keinen Spielraum als Haus- und Ehefrau ließ. Offensichtlich hatte er noch gar nichts mitbekommen, zumal sie es bisher vermieden hatte, Geld von ihm zu nehmen. Reiner Teller war über diese Entwicklung auch nicht sehr glücklich, als er davon erfuhr, bat sie aber, Dr. Albrechts Schäferstündchen an ihrer Seite sozusagen als »Naturalleistung« für dessen

26

Spionagearbeit zu sehen. Reiner versprach ihr, wenn noch etwas Wasser Rhein und Ruhr herabgeflossen sei, dieser für Rosi etwas merkwürdigen Situation ein Ende zu bereiten. Nicht vorstellbar, wenn Dani ihr eine Eifersuchtsszene macht, falls er von ihren Herrenbesuchen erführe.

Deshalb blieb es nicht aus, dass Teller Dr. Albrecht bei einem der turnusmäßigen Treffen von Rosi und ihrer Aufgabe innerhalb der Organisation erzählte und ihm unmissverständlich klar machte, dass eine Bindung zwischen ihm und Rosi undenkbar sei. Albrechts Bemerkung, dass er sich ein Leben ohne Rosi nicht mehr vorstellen könne und er es sich unter diesen Umständen überlegen müsse, noch weiter für den Mossad tätig zu sein, quittierte Reiner erst einmal mit einem Lächeln und der Forderung, alles in Ruhe zu überschlafen. Kaum war Dr. Albrecht gegangen, verfinsterte sich seine Miene und machte sorgenvollen Gesichtszügen Platz. »Man kann vieles kalkulieren, aber eben nicht alles«, stellte Teller selbstredend fest. Für die berufliche wie für die geheimdienstliche Arbeit wäre ein verheirateter Dr. Albrecht besser und der Karriere dienlicher. Neben einer passenden Frau müsste sie auch in die geheimdienstliche Arbeit mit eingebunden werden oder sie zumindest tolerieren. »Woher nehmen und nicht stehlen«, dachte Reiner an diesen Spruch der Deutschen. Den Gedanken, Rosi aus ihrem Gewerbe herauszunehmen, verwarf er gleich wieder. Das Netz, dass sie zwischenzeitlich angelegt hatte, ihr renommierter Bekanntenkreis ließe sich nicht kurzfristig ersetzen. »Ich muss mit Berlin sprechen«, stellte er selbstredend fest und griff zum Telefon.

Die Silvesterparty war im vollen Gange. Der Gastgeber hatte nicht nur reichlich für die leiblichen Genüsse gesorgt, sondern was die Unterhaltung betraf, stand alles zur Verfügung, was die Technik dem kauffreudigen Publikum zu bieten hatte. Plattenspieler und Tonbandgerät ebenso wie verschiedenfarbige Scheinwerfer, deren Helligkeit regulierbar war. Effekte, die die nachmitternächtliche Striptease besonders wirkungsvoll in Szene setzen sollen; aber noch fehlen fasst drei Stunden bis das »Prosit neunzehnhundertsiebenundfünfzig!« erschallen wird. Reiner Teller hatte das Ganze als kleinen privaten Presseball arrangiert.

Rosi und Dr. Albrecht hatten sich bereits im Vorfeld ausgesprochen. Der Gastgeber musste nicht befürchten, dass es auf seiner Party zwischen den beiden zu einer Szene kommen würde. Rosi begrüßte Daniel nur kurz und stellte ihm dabei ihre Freundin Renate Barmer vor.

Renate, Berufskollegin Rosis, hatte man auserkoren, dem alleinstehenden Dr. Albrecht zur Verfügung zu stehen – als Freundin, gegebenenfalls als Ehefrau. Man hatte Renate aus Berlin »eingeflogen«, um möglichst sicher zu sein, dass sie, hier im Ruhrgebiet, nicht auf ihre ehemaligen Mitstreiterinnen des horizontalen Gewerbes stößt. Da Renate Krankenschwester war, ehe sie ins Gewerbe einstieg, erleichtert ihr das den Wiedereinstieg in eine bürgerliche Existenz. Man hatte in der Berliner Mossad–Zentrale weiter, über den Silvesterabend hinaus, gedacht. Es musste unbedingt verhindern werden, dass Dr. Albrecht auf Grund der Scheidung abgleitet und womöglich seinen Posten bei der MASSENBACH AG verliert. Das Gegenteil muss eintreten, der Mann soll Karriere machen. Je höher der Posten, desto größer der Überblick. Dazu ist ein stabiles familiäres »Hinterland« vonnöten. Aber all das war vorläufig Zukunftsmusik. Heute Abend ging es nur darum, dass die beiden ein Verhältnis starten. Renate hatte sich in der Vergangenheit als sehr anpassungsfähig erwiesen, was das gegenseitige Kennen lernen erleichtern wird.

»Ist das Haar echt, Frau Barmer?«, fragte Dr. Albrecht. Frau Barmer, wie er sie vorläufig noch anredete, hatte auf seinem Schoß Platz genommen. Dabei strich er ihr durchs Haar. Sie drückte ihre Wange an die seine und flüsterte: »Ja, ich habe überall kastanienrotes Haar. Das wollten Sie doch wissen!« Als Daniel Albrecht am späten Vormittag des ersten Januars aufwachte, lag sie neben ihm. Was die Farbe ihrer Haare betraf, hatte sie nicht gelogen... .

Während die Mehrheit der Deutschen mit Sekt, Champagner, je nach Geldbeutel, sich dem neuen Jahr entgegen tranken, saß Peter Penzberg im Wachlokal der Firma zusammen mit einem Kollegen und dessen Riesenschnauzer. Sogar einen Fernseher hatte man dem Wachdienst zur Verfügung gestellt, damit ihnen der Dienst in diesen Stunden leichter fallen möge. Ein Präsentkorb mit Delikatessen sorgte für das leibliche Wohl. Die Firmenleitung hatte sich nicht lumpen lassen. Außer Alkohol war so alles vertreten, was den Gaumen verwöhnt, Delikatessen, die mancher Wachmann nur vom Hören – sagen kannte, fand er plötzlich in seinem Korb. Penzberg war sich klar, dass er als Neuer und als Mann ohne Familie für Weihnachten und/oder Silvester dran ist. Böse war er nicht darüber, wenn er auch über die Doppeleinteilung etwas geknurrt hatte. Die Rundgänge im menschenleeren Haus böten ihm doch die Möglichkeit, unbeobachtet hinter so manche Tür zu schauen und sich die Räumlichkeiten in Ruhe einzuprägen. Das galt für die Standorte der einzelnen Abteilungen, Labore und auch für die Namen an den Türen. Er hatte noch keine klaren Vorstellungen, wie er als Kundschafter seinem Vaterland dienen soll und kann. Instruktionen aus (Ost-) Berlin waren bisher nur allgemeiner Natur und forderten vorerst nur, das Terrain zu sondieren.

# VI.

»Natürlich können sie kommen! Sie sind mir immer willkommen, Heinz. – Ihre Frau schöpft Verdacht, kein Problem Herr Professor, dem werde ich Abhilfe schaffen. Wir haben da auch unsere Tricks, wie wir unsere Kunden – wenn ich so sagen darf – vor Weiterungen schützen.« Rosi legte kopfschüttelnd auf. Die älteren Herren wie Professor Heinz Hertenbach sind, trotz ihrer Probleme, ihre besten Kunden. Sie lieben die Beständigkeit, entwickeln eine gewisse Treue und verdrängen, dass sie zu einer Prostituierten gehen. Die Herren über fünfzig akzeptieren sie wie eine Hausfreundin und Geliebte, obwohl sie (sehr gut) d a f ü r bezahlen. Rosi schaute auf die Uhr. Es blieb ihr noch eine Stunde bis zum professoralen Besuch. Hertenbach hatte Sorgen: in der Firma läuft es nicht so, wie er es erwartet. Zwischen Labor und Serienproduktion des Stabilisators liegen Welten, die er vorausgesehen hatte, aber von der Konzernleitung ignoriert wurden. Terminverzögerungen stehen an. Das Verteidigungsministerium drängt und es werden, wie immer in solchen Fällen, Sündenböcke gesucht.

»Und nun glauben Sie, zum Sündenbock gestempelt zu werden«, unterbrach Rosi das Schweigen. Dann schenkte sie ihm ein Glas Portwein ein und drückte seinen Kopf zärtlich an ihre Brüste. »Trinken Sie, danach schmeckt der Champagner wieder.« Mit diesen Worten forderte sie zum Trinken auf. Schließlich muss der Mann von seinen Problemen loskommen. Beichten kann er auch in der Kirche. Zu ihr kommt er ja eigentlich aus einem anderen Grunde. Ihr Rezept ging auf und ihr Gast schlief danach ruhig und fest.

Mit der Bemerkung, dass er sich »wie neu geboren« fühle, wachte Hertenbach auf. Rosi hatte bereits das

Frühstück vorbereitet. Mit dem Scheck den er ihr übergab, sprach er auch eine Einladung zu einer Betriebsbegehung aus. Seine Frau sei zu dieser Zeit zur Kur und die anderen Herren werden auch in Begleitung dabei sein. Dass sie bei der Begehung auf bekannte Gesichter treffen werde, sei nicht ausgeschlossen. Er wollte, ihr Zögern falsch deutend, ihrer Ablehnung zuvor kommen. Als er gegangen war, rief Rosi den Journalisten Teller an. Er versprach ebenfalls, dabei zu sein und begrüßte Rosis Geschick.

Sie spürte die Blicke der Männer. Ihr roséfarbenes Kostüm, figurbetont, wirkte eher entkleidend als bedeckend. Die Idee, mit einer Mikrokamera bei der Betriebsbesichtigung Aufnahmen zu machen, hatte sie fallengelassen. Ihr Auftreten war viel zu auffällig, als dass sie auf unbeobachtete Momente hoffen konnte. Lediglich ein kleines Mikrofon mit angeschlossenem Aufnahmegerät nahm sie in Betrieb. Legale und illegale Fotos muss Reiner Teller schießen. Als eingeladener Journalist hat er dazu die besseren Möglichkeiten. Ihre Stärke wird darin liegen, zuzuhören und Fragen zu stellen, die ihr die Herren bereitwillig beantworten werden. Zum Zubehör einer solchen Veranstaltung zählte auch das Sicherheitspersonal, dem es oblag, dafür zu sorgen, dass die Gäste zwar viel, aber nicht alles zu sehen bekommen. Diskretion und Fingerspitzengefühl waren ebenso gefordert, wie harte Fäuste. Ein breites mentales Spektrum, das man den Herren abverlangte. Auch Peter Penzberg hatte den Overall mit Koppel und Pistole gegen einen dunklen Anzug mit einfarbigem Oberhemd und Krawatte getauscht. Einen Schlagstock in Form eines Teleskopstabes trug er unter seinem Jackett. Hertenbach hatte etwas übertrieben, als er Rosi aufforderte, ihn zu begleiten. Sie war die einzige »Begleiterin«. Die übrigen

Herren Gäste und Firmenangehörige waren allein gekommen. Rosi langweilte sich, denn Hertenbach war mit der Präsentation doch mehr in Anspruch genommen, als ihr lieb war. Was lag für Rosi näher, als sich einen Leidensgefährten zu suchen, dem es ebenso erging wie ihr. Neben ihr stand Penzberg, seine bewundernden Blicke waren ihr nicht entgangen. Kurzerhand sprach sie ihn an:

»Sind Sie Gast oder gehören sie zum Inventar?« »Zum Inventar, wenn's beliebt.« Er wunderte sich selbst etwas über diese Antwort. Aber nun war es gesagt. Ihrem Wunsch, hier nicht zu verweilen, sondern sich das Werk anzusehen, kam er gerne nach. Getreu den erteilten Instruktionen, sich den Gästen gegenüber höflich und zuvorkommend zu bewegen, spielte Penzberg den Fremdenführer. Mit sicherem Instinkt lotste ihn Rosi in solche Bereiche, die normalerweise Besuchern verschlossen bleiben. Dabei ging es Rosi keineswegs nur um sicherheitssensible Abschnitte. Duschen, Kohlenkeller und andere unspektakuläre Einrichtungen wurden ins Besichtigungsprogramm aufgenommen. Rosi ging es darum, sich einen Gesamtüberblick zu verschaffen. Außerdem gaukelte sie ihrem Begleiter Harmlosigkeit vor. Das Kreuz und Quer durchs Haus hatte etwas Zufälliges, scheinbar Unsystematisches an sich. Beide spürten, dass sie dasselbe wollten, den anderen kennen lernen. Rosi gefiel dieser Mann, aber auch wieder nicht. Sie dachte an die Schule im Teutoburger Wald zurück. Ein Mann wie Penzberg, solche Typen waren ihr dort begegnet. Kollegialität und Misstrauen hielten sich bei der Bewertung dieses Mannes vorerst die Waage. Penzberg war zu der Auffassung gelangt, dass Frau Netbritt dem horizontalen Gewerbe nachgeht und das Verhältnis zum Professor nicht ihr einziger Lebensinhalt war. Der Gedanke, eine Berufskollegin aus dem Kundschaftermilieu neben sich zu haben, ging Penzberg zurzeit noch völlig ab. Rosi war da schon weiter.

Sie hatten es sich gemütlich gemacht. Wenn man die beiden Frauen in bequemen Hosen und Rollkragenpullis, jede ein Glas Tee vor sich, sitzen sah, glaubte man, es mit einer spießigen Kränzchenrunde, jenem denkwürdigen Gespräch von Frau zu Frau zu tun zu haben. Was Rosi und Renate da besprachen, entsprach so gar nicht den landläufigen Vorstellungen eines Kaffeekränzchens. Die einzige Parallele zu Dutzenden ähnlicher Begegnungen war, das Thema »Mann«. Renate Barmer erzählte Rosi, dass sie und Daniel Albrecht den Befehl zur Eheschließung bekommen hätten. Er habe, so ihre Beichte offensichtlich mit der Befehlsausführung weniger Probleme als sie. Der Gedanke an eine Zweckehe schreckte sie doch etwas. Ein Spionage- oder ähnlicher Auftrag war zeitlich überschaubar, aber eine Ehe... ? Rosi versuchte sie auch gar nicht zu trösten, so von wegen Scheidung und so. Beide wussten, dass eine Scheidung zum falschen Zeitpunkt einer Befehlsverweigerung gleichkäme. »Auch Spionageaufträge können über Jahre und Jahrzehnte gehen, ehe du sagen kannst, Befehl ausgeführt«, meinte Rosi.
»Würdest du denn auf Befehl heiraten?«, fragte Renate zurück. »Obwohl ich mir nichts aus Frauen mache, würde ich sogar eine lesbische Verbindung eingehen oder einen Homosexuellen heiraten, wenn es denn sein müsste«, erwiderte Rosi und legte nach: »Vielleicht legt man dir nahe, auch ein Kind von ihm zu bekommen. Du glaubst gar nicht, was man in einem Kinderwagen alles verstecken und transportieren kann. Gefährlich wird es nur dann, wenn dein Kleiner die Babyrassel mit einer Handgranate verwechselt.« »Du spinnst«, bekam Rosi zur Antwort, verbunden mit dem Hinweis, dass es auch

ein kleines Mädchen sein könne. Dann erzählten sie sich noch Witze, solche, von denen Männer denken, Frauen kennen so etwas gar nicht.

Dann spielte Rosi ihr ein Tonband vor. Es war der geheime Mitschnitt bei ihrem letzten Betriebsbesuch an der Seite des Professors. Als Dr. Albrechts künftige (zweite) Ehefrau hatte Renate das Werk auch schon einmal zumindest flüchtig kennen gelernt. Renate hörte sich alles aufmerksam an und stellte spontan fest: »Der Penzberg ist nicht echt!« Nachdem Renate gegangen war, sprach sie noch ergänzende Bemerkungen, sozusagen ein Gedächtnisprotokoll jener Veranstaltung aufs Band, ehe sie alles verpackte, um es Reiner Teller zu übergeben.

Die Luft flimmerte immer noch, obwohl die Sonne sich zum Untergehen bereitmachte. Reiner Teller musste langsam fahren. Kinder mit nassen Haaren, Bademäntel über den Schultern und Erwachsene mit prall gefüllten Taschen kamen aus dem benachbarten Freibad. Mit Schrittgeschwindigkeit schaukelte das Auto auf dem unbefestigten Weg langsam am Freibad vorbei auf den Wald zu. Auf einer Lichtung, wo Pilzsucher oder Liebespaare ihre Wagen abzustellen pflegen, hielt er an. Er stellte das Auto so, dass er sofort, ohne rangieren zu müssen, abfahren konnte, aber trotzdem möglichst nicht zu sehen war.

Eine Birke mit ihren gebogenen Zweigen sorgte für Sichtschutz von oben. Teller stieg aus, sah sich um: niemand zu sehen. Um sein sich Umschauen zu motivieren, verrichtete er seine Notdurft. Dann griff er zu seinem Rucksack, den er im Kofferraum versteckt hatte und machte sich auf den Weg ins Waldesinnere. Die brütende Hitze erstickte jeden Laut. Selbst Grillen und Vögel verzichteten auf ihr Abendkonzert. Zügig, aber aufmerksam schritt er aus. Trockenes Gestrüpp umging er. Das laute

Zerbrechen eines Astes hätten auch seine Kreppsohlen nicht ersticken können. In einer kleinen Senke packte er sein Funkgerät aus, planierte sorgfältig den Boden, schloss die Kurzwellenantenne an und streifte, nachdem er sich nochmals umgeschaut hatte, seine Kopfhörer über. Die Szene erinnerte ihn unwillkürlich an die Wolfsschluchtszene aus dem Freischütz, den er erst kürzlich sah. Der Unterschied nur, dass er allein war und Tageslicht herrschte. Er murmelte auch keine Beschwörungsformeln während er die Technik installierte, sondern ging im Selbstgespräch nur die Checkliste durch (»Akku an, Antenne steckt, ...«). Doch dem Rituellen war eine gewisse Ähnlichkeit nicht abzusprechen. In den Kopfhörern fiepte es, während er mit dem Handrad langsam die befohlene Sendefrequenz ansteuerte. Auf dem 49-Meter-Band ging es zu wie auf einer überfüllten Autobahn im Berufsverkehr. Starke und schwache Sender rauschten an seinem Ohr vorbei, ehe er seinen Platz gefunden hatte. Doch was war das: nur wenige Hertz von seiner Frequenz entfernt hörte er Morsezeichen. Er holte Zettel und Bleistift und schrieb mit. Es ergab keinen Sinn: »blx an qna - 4321 5670 dcd alpha 7«, stand auf dem Zettel, als die Zeichen plötzlich abbrachen. Er las die Frequenz und Wellenlänge ab und schrieb sie auf, ehe er sich mit einer Feinabstimmung auf seiner Welle niederließ. Er schaute zur Uhr, es war neunzehn Uhr und fünfunddreißig Minuten. Als Zeitkorridor war ihm die Zeit zwischen halb und um acht genannt worden. Er meldete sich mit seiner Kennung und schaltete auf Empfang. Ein kurzes »o. k.« war die Antwort. Nun setzte er den Schnellgeber in Gang. Der normale Text, der zwanzig Minuten Sprechdauer beinhaltete, raste hier in knapp einhundert Sekunden durch den Äther, dann stoppten die Spulen und Teller meldete sich mit einem »Ende« ab. »Ende«, lautete die Antwort seines Gesprächspartners im fernen Westberlin. Teller schaltete aus und nahm die Kopfhörer ab. Gewohnheitsgemäß ging er noch eine kleine Runde um seinen Sendeplatz herum. Nein, es hat ihn niemand gesehen, wenn man von dem Eichhörnchen absieht, das gerade den Stamm einer Buche erklomm, kurz anhielt, um dann um so schneller von dem Mann wegzukommen. Sorgfältig packt er alles zusammen, kehrt zu seinem Auto zurück. Er war gerade losgefahren, kam ihm der Förster im offenen Kübel entgegen Reiner Teller grüßte höflich und wurde gegrüßt.

Peter Penzberg schaute auf die Stoppuhr. Drei Minuten darf die Sendezeit nicht überschreiten. Er war kein Virtuose auf der Morsetaste. Andere schaffen in der vorgegebenen Zeit fasst zehn Prozent mehr. Ein Handicap, das ihm schon bei der Spezialausbildung im Funkunterricht zu schaffen machte, aber seinem Einsatz letztlich nicht im Wege stand. Sein Text an die Berliner Stasizentrale war kurz, sodass seine Übertragung in den vorgegebenen drei Minuten mühelos möglich war. Was er nicht wusste, dass fünfundzwanzig Kilometer entfernt zur gleichen Zeit zwischen 19:37 Uhr und 19:40 Uhr Reiner Teller ihn dabei aufspürte.
Wenige Wochen später war Teller und dem Mossad klar, dass der unbekannte Sender, nur wenige Zentimeter neben der eigenen Wellenlänge, in Ostberlin seine Gegenstelle hatte. Teller befürchtete, dass das Observationsobjekt dieser Leute ebenfalls die MASSENBACH AG sein könnte. Vorsicht war geboten. Hinweise auf den Mitarbeiter des betrieblichen Sicherheitsdienstes, die Rosi und Renate vorbrachten, blieben vorerst nur Vermutungen. Da Peter Penzberg nur die routinemäßige Vorsicht an den Tag legte und auch aus Ostberlin keine Hinweise auf eine mögliche Gefahr kamen, war es nur eine Frage der Zeit, eines Tages zu »stolpern«.

## VII.

Peter Penzberg schaute noch einmal in den Spiegel, zupfte an der Krawatte, dann an den Manschetten. Schließlich ließ er sich ärgerlich in einen Sessel fallen und schaute auf die Uhr. Noch dreißig Minuten bis zu ihrer Verabredung bei ihm. Er benahm sich wie ein Tanzschüler oder ein Schuljunge vor dem ersten Rendezvous. Pünktlich klingelte Rosi und wurde von ihm mit einem Glas Sekt empfangen. Beide Geheimdienstzentralen hatten ihre Zustimmung zu dieser Liaison gegeben. Während der Mossad ahnte, dass Penzberg als Agent arbeitete, ging es der Stasi nur darum, zumindest indirekten Kontakt zu Professor Hertenbach zu bekommen. Deshalb der Auftrag an Penzberg, über dessen Freundin einen Kontaktversuch zu starten, was bei einer Dame aus dem horizontalen Gewerbe nicht schwer sein dürfte. Ihre erste gemeinsame Begegnung bei der Firmenpräsentation war ohne Weiterungen geblieben. Auch Rosi hatte an den »Sicherheitsfritzen« keinen weiteren Gedanken verschwendet. Interessant wurde er erst wieder nach Renates Hinweisen zu den geheimen Tonbandaufzeichnungen. Nachdem Reiner von dem zufällig entdeckten Geheimsender berichtete, beschloss nun auch der Mossad, Rosi auf Penzberg anzusetzen. Umso überraschter war sie, als er plötzlich bei ihr anrief, um sich mit ihr zu treffen. Sie unterließ es zu fragen, woher er ihre Nummer hatte, die in keinem Telefonbuch vermerkt ist. Um Peters Naivität nicht über Gebühr zu strapazieren, nannte sie ihm, gleich nachdem sie mit ihm angestoßen hatte, ihren Stundenpreis, der seinem vermeintlichen Wochenlohn entsprach. Penzberg lächelte dünn und meinte, er könne ihr vielleicht eine wesentlich bessere Einnahmequelle verschaffen. Was sie beide beträfe, so seine Ansicht, wäre eine Beziehung aus reiner Freundschaft doch denkbar. Nun war es an Rosi zu lächeln. Mit dem Hinweis auf ihren Intimfreund sähe sie keine Veranlassung, den Personenkreis kostenloser Privatkunden zu erweitern. Da sei doch das andere Angebot empfehlenswerter. Sie forderte ihn auf, diese Einnahmequelle näher zu beschreiben. Dabei setzte sie sich so, dass ihre langen Beine voll zur Geltung kamen. Ihr enger Rock war wie zufällig beim Hinsetzen hoch gerutscht. Ihr Lächeln und der Klang ihrer Stimme versprachen viel. Getreu dem Motto: in der Liebe soll man nie niemals sagen, schien plötzlich ein intimer Kontakt nicht mehr völlig ausgeschlossen. Penzberg redete sich warm und schilderte die Geheimdienstarbeit als Abenteuer und Quelle zum Reichtum und Rosis konkrete Arbeit als nahezu harmlos. Das sein Auftraggeber die Staatssicherheit war, blieb dabei nicht unerwähnt. Als die Katze aus dem Sack war, schaute Rosi erschrocken auf die Uhr und meinte: »Oh, ich habe mich verplaudert. Ein Kunde wartet bei mir zu Hause. Wir bleiben in Kontakt.« Dabei gab sie ihm zum Trost ein Abschiedsküsschen.

Wenige Wochen nach dieser Begegnung schien Peter Penzberg am Ziel zu sein. Während Rosi ihm die Besonderheiten ihres französischen Bettes vorführte und die Effekte des an der Zimmerdecke eingelassenen Spiegels wirkungsvoll zur Geltung kamen, war Reiner Teller mit zwei Spezialisten in Penzbergs Wohnung eingedrungen. Auf den ersten Blick war es die Wohnung eines dreißigjährigen Junggesellen mit ausreichendem Einkommen. Soweit Penzberg wirklich über größer Mittel verfügte, schien er diese in den Motorsport zu investieren. Möbel, Bekleidung und die sonstige Ausstattung der Wohnung muteten eher bescheiden an. Warum das Schloss am Wohnzimmerschrank mit einem Haar gesichert wurde, erscheint auf den ersten Blick unverständlich. Vorsichtig legte einer der Herren das Haar in einer Petrischale mit einer Pinzette ab, ehe die ungebetenen Besucher den Schrank öffneten. Sehr schnell hatten sie herausgefunden, dass die Innen- und Außenmaße erheblich voneinander abwichen. Nachdem sie das Geheimfach geöffnet hatten, gab es keinen Zweifel mehr an Penzbergs Nebentätigkeit. Am meisten interessierte sie das Funkgerät. Es war ein russisches Modell, Knöpfe, Bedienschalter und die Skalenbeschriftung waren mit kyrillischen Schriftzeichen versehen. Teller hatte keine Mühe, sich ein Bild von der Beschaffenheit des Gerätes zu machen. War doch Russisch sehr mit seiner Muttersprache verwandt. Dechiffrierbuch und Schnellgeber vervollständigten die Ausrüstung. Beim Durchsehen der Unterlagen erfuhren sie auch Penzbergs genaue Wellenlänge und Sendetermine, auf die Reiner nur durch Zufall gestoßen war. Das Telefon schlug dreimal an, dann noch dreimal. Die Herren sahen sich bedeutsam an. »Wir haben noch knapp zwanzig Minuten«, meinte Teller.

Zu Hause angekommen, machte Peter seinen üblichen Wohnungsrundgang. Mit einer Lupe betrachtete er das Schloss seines Wohnzimmerschrankes. Das Haar hing an seinem gewohnten Platz. Befriedigt ging er zum Kühlschrank und holte sich ein Bier und schaltete den Fernseher ein. Dann ließ er sich in einen Sessel fallen. Die Zeit bei Rosi hatte ihn doch etwas mitgenommen. Im Fernsehen lief ein so genannter Thriller, eine gerade in Mode gekommene Filmgattung. Wie vieles hierzulande, war sie aus den Staaten, gemeint sind die USA, exportiert worden. Insgeheim wägte er ab, ob der amerikanische Einfluss in der Bundesrepublik größer sei, als der russische in der DDR. Er kam für sich zu dem Schluss, dass der Vergleich schwierig sei, weil die einzelnen Sphären hüben und drüben unterschiedlich vom Ausländischen beeinflusst würden. Andererseits laufen aber mehr amerikanische und westeuropäische Filme im Osten, als russische im Westen.

Die Filmhelden waren im Wesentlichen mit drei Dingen beschäftigt: schießen, mit Gummimasken ihr Gesicht verstellen und schöne Frauen verführen. Peter dachte an die letzten Stunden und kam zu der Feststellung, dass nur letzteres mit realer und filmischer Spionagetätigkeit übereinstimmt. Auch die wilde Verfolgungsjagd zwischen dem Topspion auf einem PS-trächtigen Motorrad und einem Funkwagen wollte er sich lieber nicht wünschen, obwohl er sich einiges zutraut. Der Film rauschte an ihm vorüber. Als der Abspann über den Bildschirm flimmerte, wusste er schon nicht mehr, um was es sich gehandelt hat.

»Meine Herren ab heute kommt eine neue interessante, aber auch nicht ungefährliche Aufgabe auf sie zu. Wir brauchen Männer für den Personenschutz. Professor Hertenbach hat eine Morddrohung erhalten. Als Absender titelt eine linksradikale Gruppe, auf deren Konto, bisher im Ausland, mehrere Morde und Mordversuche gehen. In dem Brief wird nicht nur die jetzige Tätigkeit des Professors für die Landesverteidigung angeprangert, sondern auch entsprechende Aktivitäten während der NS-Zeit. Obwohl sie vertraglich verpflichtet wären, möchte ich an Ihre freiwillige Bereitschaft appellieren.« Mit dieser Ansprache empfing der Sicherheitchef die Herren der Frühschicht, unter ihnen Peter Penzberg. Als die Mehrzahl der Anwesenden vortrat, zeigte sich Erleichterung auf dem Gesicht des Chefs. Er machte auch aus seiner Freude keinen Hehl, indem er vom »Stein vom Herzen fallen« sprach. Das machte ihn in den Augen der Männer beliebt und motivierte immer aufs Neue. Schon am Mittag war die Auswahl unter den Freiwilligen getroffen, zu denen auch Penzberg gehörte. Sein erster Einsatz beschränkte sich auf die Bewachung der Villa, um Anschläge auf Frau und Sohn zu verhindern. Ziel der

Attentäter könnte es sein, eine Zeitbombe zu verstecken, deshalb auch der Rund-um–die-Uhr-Schutz für das Haus. Penzberg plauderte mit der Haushalthilfe, einer jungen Griechin, in der Küche und erfuhr dabei interessante Details aus dem Familienleben seines Schützlings. In der Nacht wurde er abgelöst. Zu Hause angekommen, sprach er das Ereignis aufs Band und sendete noch in der Nacht einen Funkspruch ab. So erfuhr auch der Mossad von der Situation im Werk. Unabhängig voneinander war man sich in der Ostberliner Stasizentrale und beim Mossad in Westberlin darüber klar: dieses Attentat muss verhindert werden. Ein lebender Professor lässt sich abschöpfen, wie es im Geheimdienstdeutsch heißt, ein Toter nicht. Obwohl die Arbeiten des Professors militärisch letztlich gegen den Osten gerichtet sind, war man an einer solchen Art von Verzögerung seitens der DDR nicht interessiert. Ein Ausspionieren der Forschung kam den eigenen Entwicklungsarbeiten zugute. Während der Mossad Rosi aufforderte, dem Professor zu suggerieren, bei ihr in der Wohnung sicher zu sein, streckte die Stasi ihre Fühler in Richtung Terrorgruppe aus und wurde fündig.

Hertenbach sprang auf Rosis Offerte an und ließ sich kaum noch zu Hause sehen. Seiner Frau konnte er glaubwürdig vermitteln, dass diese Adresse, die er ihr natürlich nicht verriet, ausschließlich seiner persönlichen Sicherheit diene. Seine Wächter hatten sehr schnell herausgefunden, welcher Art das Quartier war und versuchten ihn von der Unsicherheit zu überzeugen – vergeblich. Also war man notgedrungen gezwungen, Rosis Wohnung diskret in die Observation mit einzubeziehen. Umso überraschter war Penzberg, als er eines Tages beauftragt wurde, eben jenes Haus zu observieren, das ihm letztlich nicht unbekannt war. Fast war man geneigt an eine leere Drohung zu glauben und begann die Maßnahmen zu lockern, da die anderen Aufgaben nicht mehr, als nötig vernachlässigt werden durften. Da erreichte Penzberg plötzlich ein Telegramm: »Oma kommt morgen nach Düsseldorf, bitte unbedingt vom Bahnhof abholen.« Daraufhin holte er sein Funkgerät aus dem Schrank und stellte es auf Empfang. Nach kurzer Kennung schaltete er das kleine Tonbandgerät ein und setzte zur Kontrolle die Kopfhörer auf. Ein schriller Geräuschcocktail drückt auf die Ohren. Nach wenigen Sekunden war alles vorbei. In Ostberlin hatte man erfolgreich Kontakt zu der linken Gruppe herstellen können. Bemühungen, sie von ihrem Attentatsplan abzubringen, blieben jedoch erfolglos. Also schaltete die Staatssicherheit ihre in Nordrhein - Westfalen stationierten Agenten ein, mit dem Ziel, die Attentäter am Handeln zu hindern. Penzberg war einer von ihnen. Im Funkspruch wurde ihm der Name und die Adresse eines Mannes in Bonn genannt, der mit der Ermordung Hertenbachs beauftragt war. Der Befehl lautete, diesen Mann an der Ausführung des Mordes zu hindern. Der für nächste Woche anberaumte Termin im Verteidigungsministerium sollte Hertenbachs letzter Tag werden.

Man traf sich an der Autobahnabfahrt in St. Augustin. An diesem Samstagmorgen rollte der Verkehr nur spärlich und den drei Männern schenkte niemand Beachtung, sich wortlos die Hände schüttelten und ihre Uhren verglichen. Einer der Herren, den sie Walter nannten, erläuterte kurz etwas und wies mit dem Arm in Richtung Bonn, dann setzten die Herren, verteilt auf zwei Wagen, ihre Fahrt fort.

Andreas Kaden warf gähnend die Kaffeemaschine an und stellte fest, dass er eigentlich hätte eher aufstehen wollen. Für den heutigen Samstag war noch einmal Schießtraining angesetzt, aber wenn Dagmar bei ihm war, nahm die Nacht kein Ende. Er schüttelte über sich selbst den

Kopf, was ihn an die fast acht Jahre ältere Frau band. Er achtundzwanzig, sie sechsunddreißig. Sie hatte aber auch die Gabe, die Nächte jedes Mal zu einem besonderen Erlebnis zu machen. Während die anderen der linken Kampfgruppe dem spießigen Mief einer Partnerschaft alternativ begegneten, indem sie mindestens mit zwei Frauen gleichzeitig ins Bett gingen, lagen ihm solche Ambitionen an Dagmars Seite fern. Da Dagmar zum engeren Zirkel der Gruppe gehörte, war ihre Beziehung zu ihm kein Gesprächs- oder Lästerthema. Während Andreas noch das Frühstück zubereitete, trat Dagmar von hinten an ihn heran, schob ihre Arme unter die Seinen und legte ihren Kopf an seinen Rücken. »Ist die Nacht wirklich schon vorbei?«, fragte sie rhetorisch und schloss mit der Bemerkung: »Ich könnt schon wieder!« Dann kitzelte sie ihn durch. Er ließ Messer und Brot fallen und versuchte auszureißen, was in der kleinen Küche unmöglich war. Dann floh er unter den Küchentisch, wo ihn Dagmar schließlich einfing... .

In den beiden PKW, die im größeren Abstand vor Kadens Haus lauerten, ging es weniger turbulent zu. Man hatte herausbekommen, dass ihre Zielperson noch zum Schießtraining wollte. Dann betrat Kaden zusammen mit Dagmar die Straße. »Verdammt«, meinte Walter, denn mit einer Begleiterin hatten sie nicht gerechnet. Bei allen bisherigen Erkundigungen, die sie über Andreas Kaden eingeholt hatten, war eine Frau an seiner Seite nicht beachtet worden. Eine Festnahme oder besser Kidnapping wurde so wesentlich schwieriger. Viel Zeit zum Überlegen blieb nicht. Dann entschloss sich Walter, zusammen mit seinem Begleiter, Kaden festzunehmen. Peter Penzberg im anderen Wagen sollte nur sichern. Von der Situation überfordert und mit der Mentalität linker Rebellen nur ungenügend vertraut, machten sie, die beiden Stasioffiziere, ihren größten Fehler, indem sie sich als Kriminalpolizisten auswiesen. Sie kamen nicht mehr dazu, ihre falschen Ausweise einzustecken, da knallten ihnen die ersten Schüsse um die Ohren. Während Walter unverletzt blieb, wurde sein Begleiter getroffen. Andreas und Dagmar sprangen in das bereitstehende Auto. Gegen alle Vorschriften hatten die beiden Stasimänner den Zündschlüssel stecken lassen. Das rettete Walter wahrscheinlich das Leben, da sich sonst das Pärchen den Schlüssel mit Waffengewalt geholt hätte. Am Steuer nahm Dagmar Platz. Aus sicherer Entfernung startete Peter Penzberg seinen Wagen. Gemeinsam mit Walter luden sie den verletzten Wolfgang (sein Deckname) ins Auto und fuhren los. Penzberg hörte nicht auf Walters Aufforderung, schneller zu fahren. Ihm ging es nur darum, die beiden, die er insgeheim mit Bonnie und Clyde verglich, nicht aus den Augen zu verlieren.

»Wir können ihn ohnehin nicht abschießen, wenn sie fährt. Es sei denn, wir kommen rechts an ihnen vorbei.« Mit diesen Worten machte Penzberg seinem Chef die »verfahrene Kiste« klar. Dann zeigte Penzberg auf den Rücksitz, wo der Verletzte lag und fragte: »Was machen wir mit ihm?« Walter schwieg.

»Ich glaube, der grüne Opel ist hinter uns her«, meinte Dagmar. Andreas drehte sich ruckartig um. Beruhigend legte sie ihre Hand auf seinen Unterarm. »Warte, in der Bonner Altstadt kenne ich mich aus, da hängen wir sie ab. Übrigens, fällt dir was auf? Das ist kein Kripowagen, keine Funkanlage, nichts.« »Wer waren dann die Männer?«, fragte Andreas.

Wie vorhergesagt, verlor im Dickicht der Altstadt der Opel die beiden aus den Augen. Was Dagmar und Andreas nicht wussten war, dass die drei im Interesse ihres Verletzten die Verfolgung abbrachen. Am Abend machte sich Penzberg nochmals auf, die Wohnung von Kaden aufzusuchen. Wie erwartet, wurde das Haus von der Polizei observiert, denn die Schüsse waren in der Stille des Samstagvormittags nicht ungehört verhallt. Penzberg rollte langsam die Straße hindurch und hielt vor einem Kiosk. Er stieg aus und kaufte sich etwas zum Trinken und eine warme Wurst. Er wollte Zeit gewinnen. Als fremder Wurstesser fiel er nicht weiter auf, aber als fremder Gaffer wäre er längst angesprochen worden. Dass ihn der Geheimdienst, wie jeden anderen, der durch die Straße kam, bereits fotografiert hatte, blieb sein Risiko. Penzberg stutzte, unterbrach den Verzehr seiner Wurst, als auf der anderen Straßenseite jene Frau auftauchte, die zusammen mit Kaden die Flucht angetreten hatte.

Bei der Bonner Kriminalpolizei herrschte Ratlosigkeit. Nachdem die Anzeige von der Schießerei eingegangen war, hatte man, gemäß den Aussagen der Anwohner, zwei Patronenhülsen und einen Blutfleck der Blutgruppe Null gefunden. Aber vom Schützen, seiner Freundin und dem Verletzten fehlte bisher jede Spur. Den Fluchtwagen fand man am nächsten Tag ausgebrannt auf einer Deponie. Ein Anwohner wollte einen grünen Opel gesehen haben, in den zwei Männer den Verletzten verstauten, um dann die Fliehenden zu verfolgen. Dass dieser grüne Opel jetzt nur wenige hundert Meter vom Tatort entfernt vor einem Kiosk parkte, entging den Fahndern vor Ort.

Penzberg aß die Wurst in Ruhe auf, da die Dame keine Anstalten machte, eilends von hier zu verschwinden. Ihr Ziel war klar das Haus von Kaden. Penzberg ließ sie gehen. Er hoffte, dass sie, wie er, unverrichteter Dinge wieder kehrtmachen würde. Doch es sollte anders kommen. Nachdem Penzberg fertig mit essen war, warf er noch mal unauffällig einen Blick zurück in die Straße und stellte erstaunt fest, dass jene Dame, von zwei Mann eskortiert, das Haus verließ und in einem bereitstehenden Wagen weggebracht wurde. Nun hatte es auch Penzberg eilig, wegzukommen.

*»Chicagoer Verhältnisse in Bonn« »Schießerei am hell-
lichtenTag Polizei noch keine Spur« »Die Bundeshaupt-
stadt fest im Griff von Gangstern?«* ...
...so und ähnlich titelte die Presse. Vorerst nur die lokalen
Blätter. Überregional hatten die Schüsse bisher kein Echo
ausgelöst.

Aus Bonn zurück, machte Penzberg einen Abstecher zu
Rosi, die tatsächlich überrascht war, von Peter noch zu
später Stunde heimgesucht zu werden. Nach dem
Desaster vom Vormittag blieb Peter nichts weiter übrig,
als die Karten auf den Tisch zu legen. Seine Frage, wo
der Professor denn sei, beantwortete sie kurz:»Bei seiner
Familie.« Peter räumte ein, dass nach Erkenntnissen
seiner Leute hier in Düsseldorf kein Anschlag zu erwarten sei. Bedenklich wäre jedoch die Fahrt nach Bonn in
der kommenden Woche. Es blieb ihm nichts anderes
übrig, er musste von dem missglückten Versuch, den
Attentäter aus dem Verkehr zu ziehen, berichten.
»Warum muss der Professor selber fahren? Schickt doch
einen anderen«, schlug Rosi vor.
»Mach ihm den Vorschlag. Sag ihm, es kann auf der Fahrt
nach Bonn für seine Sicherheit nicht garantiert werden.«
Seine Worte waren sehr eindringlich. Ihm drohte das alles
über den Kopf zu wachsen. Rosi schenkte ihm erst einmal
einen Schnaps ein, ehe sie erwiderte:»Woher soll ich das
so konkret wissen. Ich kann nur plausibel erläutern, dass
er hier in Düsseldorf besser als auf einer Dienstreise zu
schützen ist. Von der Schießerei in Bonn darf ich eigentlich gar nichts wissen.« Hertenbach ließ sich von Rosi
überreden und schickte Dr. Albrecht mit Hinweis auf
seine persönliche Situation. Das Ministerium zeigte für
diese Entscheidung vollstes Verständnis, hatte doch die
Festnahme von Frau Dagmar Mainhausen etwas Licht in
das Dunkel gebracht.

Andreas Kaden saß am Kamin und stierte in die Glut. Er konnte sich keinen Reim über das Geschehen am vergangenen Samstag machen. Die Meldungen in Fernsehen und Presse hatten ihm klar gemacht, dass es falsche Polizisten waren, die ihn verhaften wollten. Aber wer steckte dahinter? Hier in der Düsseldorfer Vorortvilla war er erst einmal sicher. Die Hausherrin war vertrauenswürdig, als verwitwete Professorengattin und selbst promovierte Studienrätin über jeden Verdacht erhaben, mit kriminellen und terroristischen Personen in Kontakt zu stehen. Die Reinhardt verzichtete auf Fragen und bot ihm an, bei ihr zu wohnen.

Andreas schlief ein Gästezimmer. Tagsüber konnte er unbehelligt im angrenzenden Stadtpark spazieren gehen. Während er sich sonst mit Umhängebart und üppiger Frisur unkenntlich machte, beschritt er dieses Mal einen anderen Weg. Glatt rasiert und mit akademischer Kurzhaarfrisur à la Brecht hatte er mit dem Mann, der noch vor drei Tagen um sich schoss, wenig gemein. So rätselhaft die Ereignisse an jenem Vormittag, so unklar auch, warum sich Dagmar gestellt hat. Seine Gastgeberin flößte ihm Vertrauen ein. Er hatte in seiner Vergangenheit nur wenige Lehrerinnen kennen gelernt, an die er sich gern zurück erinnerte. Frau Doktor Reinhardt wäre so eine Frau gewesen. Die Begegnung mit ihr war reine Glücksache als er nach einer drohenden Kneipenschlägerei hinter ihrem Wagen vor seinen Verfolgern in Deckung gegangen war. Auf seine Frage nach einer Pension, forderte sie ihn auf einzusteigen und erst einmal mitzukommen, da seine Gegner noch nicht aufgegeben hatten, ihn zu finden. Der Anlass war nichtig. Er war so unvorsichtig, in der Kneipe eines Fußballklubs abweichende Ansichten zu äußern. Ein an sich harmloser Vorgang wurde in seiner Situation zur existenziellen Gefahr, wenn man polizeilich gesucht wurde. Das er gesucht wurde, stand nach Dagmars Verhaftung für ihn fest.

Sein vor sich hin brüten und seine Ziellosigkeit waren ihr nicht entgangen. Gestern Abend sagte sie nur: »Andreas, wenn Sie reden wollen, ich höre zu.« Dann deckte sie den Abendbrottisch weiter und fragte lediglich danach, was er trinken wolle. – Nein Andreas wollte nicht reden, auch als die Ungewissheit beinahe unerträglich wurde. Seinen Befehl, Hertenbach zu töten, hatte er auch noch nicht ausgeführt. Das Kaminfeuer tat gut. Eine Erkältung oder war es bereits eine Grippe sorgte auch dafür, dass er körperlich angeschlagen war. Das Fieber schien zu steigen. Er musste sehen, dass er ohne ärztliche Hilfe wieder auf die Beine kommt. Gute Voraussetzungen hatte er hier. Als nun vor zwei Stunden im Fernsehen sein Bild auftauchte und der Ansager nach seiner Person fragte, glaubte er, einen unsichtbaren Ring um sich zu spüren. Nein nicht er war der Verbrecher, sondern Unbekannte hatten versucht diesen Mann, dessen Bild gerade ausgestrahlt wurde, zu entführen. Nichts von Schüssen und seinem Auftrag. Langsam wurde ihm klar, dass Dagmar mit ihrer Aussage die Polizei von ihren Aktivitäten weg, auf die geheimnisvollen falschen Polizisten lenken wollte.

»Ich bewundere Ihre Geduld, Frau Doktor Reinhardt. Andere Frauen hätten mich längst bedrängt, sozusagen als Gegenleistung zur gewährten Gastfreundschaft, etwas über sich zu erzählen. Dabei ist es doch auch im Interesse der Gastgeberin, nicht allzu viel zu erfahren.«

Frau Dr. Reinhardt nahm sich ein Glas Tee und setzte sich an den Kamin zu ihm. Ohne auf das Gesagte einzugehen, fragte sie Andreas, wie es ihm gesundheitlich gehe und gab ihm zu verstehen, dass Vertrauen nicht nur auf gegenseitigem Wissen und Verständnis beruhen müsse, sondern auch auf beiderseitigem Nichtwissen basieren könne. Dann erzählte sie ihm von den beiden Deserteuren, die im Februar neunzehnhundertfünfundvierzig vor der Tür standen und Grüße von ihrem Sohn bestellten und, wie sie die beiden auch ohne Lebensmittelkarten durchfütterte und dass der eine heute ihr Schwiegersohn sei. So verging der Abend und in seinem Bett konnte Andreas noch lange nicht einschlafen. Wäre sein Leben anders verlaufen, wenn diese Frau ihm bereits früher begegnet wäre? Er dachte an Mitstreiter seiner Gruppe, die skrupellos genug wären, die Gastgeber abzuschießen, um keine Zeugen ihres Aufenthaltes zu haben. Irgendwie hatte er den Eindruck, in einer Sackgasse des Lebens angekommen zu sein. Er, dessen Lebensinhalt war, Menschen umzubringen, Menschen zu jagen, war nun selbst zum Gejagten geworden. Es wäre ein Leichtes gewesen, sie zu erschießen. War er nicht selbst eine potenzielle Gefahr für die Frau? Ab dieser Nacht nicht mehr. Mit Dagmar ein neues Leben beginnen? Trotz ihres Altersunterschiedes könnte er sich das vorstellen. Am nächsten Morgen stand sein Entschluss fest. Er wird zu einem befreundeten Anwalt gehen und Selbstanzeige erstatten. Professor Hertenbachs Leben war gerettet. Es wusste bloß noch niemand.

## VIII.

»Deshalb darf ich zusammenfassen. An der Entwicklung des Stabilisators sind nicht nur wir, sondern auch die Ostberliner Staatssicherheit interessiert. Von Rosi wissen wir, dass ein Mitarbeiter des Betriebsschutzes für diesen Dienst arbeitet. (Ein Farbdia mit dem Konterfei von Peter Penzberg wird eingeblendet.) Wir wissen inzwischen auch, dass es seitens der Stasi einen Anschlag gegen die linke Terrorgruppe gegeben hat, um das Attentat auf Professor Hertenbach zu verhindern. Dabei soll einer aus dieser Truppe verletzt worden und später an den Folgen der Schussverletzungen gestorben sein. Der vermeintliche Attentäter hat sich inzwischen der Polizei gestellt und ist aus der Szene ausgestiegen. Soweit der erfreuliche Teil des Geschehens. Weniger erfreulich ist es, dass die Staatssicherheit uns in die Quere kommt und, jetzt kommt's, Rosi angeworben hat. Rosi ist zum Schein darauf eingegangen. Wir hoffen, dass den Geheimdienstlern aus Ostberlin Rosis Arbeit für uns, dem Mossad, bisher nicht bekannt ist. Das soll möglichst lange so bleiben!« Mit diesen Sätzen schloss Reiner Teller seinen Bericht. Die Frage, ob Rosi »abgeschaltet« werden solle, wurde, mit dem Hinweis auf ihre Spezialausbildung und ihrer bisher tadellosen Arbeit, verneint. Penzberg, offensichtlich für Rosi zum Führungsoffizier auserkoren, soll weiter unter Beobachtung bleiben. Da man über die Staatssicherheit bisher zu wenig wisse, sind solche Quellen vorerst unverzichtbar. Positiver Nebeneffekt der Attentatsdrohung war die Tatsache, dass Dr. Albrecht die Unterlagen in die Hand bekam und noch vor Übergabe im Verteidigungsministerium entsprechende Ablichtungen machen konnte. Wobei auch das nicht so einfach war, da man ihn ab Werk nicht mehr aus den Augen gelassen hatte. Aus Sicherheitsgründen wurden ihm die Pläne im Werk ausgehändigt. Eine Mitnahme am Tage vorher nach Hause, wie sonst bei Dienstreisen verschiedentlich üblich, verbot sich in diesem Falle. Im Wagen nach Bonn waren sie zu dritt und im Ministerium war er auch nicht mehr alleine. Lediglich eine halbe Stunde vor der Abfahrt erbat er sich ungestörtes Arbeiten bei der Vollständigkeitsprüfung aus. Durch die Abwesenheit seines Chefs Hertenbach, Rosi sei Dank, hatte er Zeit die wichtigsten Zeichnungen und Tabellen zu fotografieren, bevor der Werkschutz alles versiegelte. Die Mikrofilme hatte Albrecht am nächsten Tag an Teller übergeben, noch rechtzeitig, bevor der Militärische Abschirmdienst bei ihm erschien und Fragen stellte.

Die zumeist ausländischen Frauen, die das Büfett abräumten, hatten reichlich Tüten und andere Behältnisse mitgebracht und beschränkten sich lediglich darauf, die mehlhaltigen Lebensmittel zu entsorgen. Fleisch, Obst und Salate wurden mitgenommen. In einer Ecke saßen noch ein paar Offiziere beisammen und diskutierten ziemlich laut und durcheinander. Der Alkohol forderte seinen Tribut. Anstoß an dem Treiben der Frauen nahmen sie nicht, so lange keine von ihnen die Hand nach den Flaschen ausstreckte. Ein älterer Oberstleutnant gab eben eine Episode aus dem Krieg zum Besten, als von allen unbemerkt, ein Zivilist an die Gruppe der Offiziere herantrat. Mit einem kurzen: »Gestatten Herr Oberstleutnant, Major Drömer«, wandte er sich, ohne das Einverständnis des Oberstleutnants abzuwarten, an einen jungen Hauptmann, den Ordonnanzoffizier des Generals, und fragte nach dem Verbleib seines Chefs. Die Frage, was es denn so wichtiges gäbe, blieb unbeantwortet. Mit einer fasst exakten Kehrtwendung und einem »Meine Herren!« verließ der MAD–Offizier die Nachhut am Büfett. Dann blieb er plötzlich stehen und forderte den Ordonnanzoffizier auf, mitzukommen. Auf der abendlichen Fahrt zum Haus des Generals blieb die Frage des Hauptmanns, ob eine Störung tatsächlich vonnöten sei, unbeantwortet. Stattdessen legte der Major seine Reserviertheit ab und legte los:
»Sitzen denn in den Firmen nur Schlafmützen? Wir finanzieren dieses Projekt mit Millionen von Mark. Da müsste es doch möglich sein, auch kompetente Sicherheitsleute zu bezahlen. Ich frage mich, was die Pullacher die ganze Zeit gemacht haben?«
»Dunkel ist der Rede Sinn«, dachte der Hauptmann, dem

langsam schwante, was passiert sein könnte. Der Hausherr empfing seine beiden Besucher höflich-reserviert. Die Frage, was es denn so wichtiges gäbe, stellte er nicht. Wenn die militärische Abwehr ihn außerhalb der Dienstzeit zu Hause aufsucht, liegen offensichtlich begründete Umstände vor, denn auch ein MAD–Major macht so etwas nicht im Alleingang.

»Herr General, wir haben den begründeten Verdacht, dass die Konstruktionsunterlagen des Stabilisators illegal fotografiert wurden. Der Sicherheitsfilm zeigt eindeutige Spuren einer Belichtung. Bei legalen Fotokopien werden die Filmstreifen danach erneuert. Der oder die Täter hatten keine Ersatzstreifen oder haben nicht bemerkt, dass solche eingelegt waren.«

»Haben Sie schon irgendwelche Vermutungen, Herr Major, wer dafür in Frage käme?« Der MAD-Offizier verneinte die Frage, lenkte den Verdacht auf die MASSENBACH AG. Damit kann man seine Dienststelle nicht verantwortlich machen. Außerdem konnte er darauf verweisen, dass nach Übergabe der Pläne im Ministerium diese keinen Augenblick unbeobachtet geblieben waren, bis die Überprüfung erfolgte. Wie es nun weitergeht und was die Abwehr zu tun gedenke, um die Täter zu fassen, war die unausweichliche Frage, die man Drömer stellte. Wie bereits auf der Herfahrt, machte der Major den Bundesnachrichtendienst mit verantwortlich.

»Bei der Aufklärung des Spionagefalls könnt ihr euch jedoch nicht heraushalten«, machte Polenz klar und ließ durchblicken, welcher Auftritt ihm beim Minister bevorsteht. Abschließend bat er seinen Besucher, ihm umgehend einen Termin beim Chef des MAD zu verschaffen.

Die Stimmung war aufgeheizt. Diebstähle, Arbeitunfälle erregten auch jedes Mal die Gemüter, zumal in schweren

Fällen Polizei und Staatsanwaltschaft den Betrieb heimsuchten. Aber was gestern hier vorgefallen war, hatte eine andere Dimension: Spionage in einem Betrieb, der für die Landesverteidigung produziert, lautete der Vorwurf. Seit gestern war nichts mehr, wie es einmal war. Hertenbach und Albrecht mussten sich unbequeme Fragen gefallen lassen. Ihre Büros wurden durchsucht und auch Akten beschlagnahmt. Von beiden unbemerkt, machten sich Geheimdienstler im Personalbüro über ihre Akten her. »Dicke Luft« herrschte auch auf dem »Gefechtsstand« des Werkschutzes. Hier ging es schon lauter zu. »Korinthenkacker« und »Vollidioten« waren einige der Nettigkeiten, die die Werkschützer mit den Untersuchungsbeamten austauschten.

Während nebenan noch geschrien und gestritten wurde, hatte Major Drömer sich, zunächst wahllos, die Personalakte eines gewissen Peter Penzberg gegriffen, dessen Lebenslauf als Polizist, Sträfling, Republikflüchtling und jetzt Werkschutzmann ihm zu denken gab. Mit einem Rotstift überschrieb er eine Spalte auf seinem Notizblock mit *aus der Zone*. Ehe er den Stapel aller Personalakten mit Kinderkrankheiten und diversen Schulabschlüssen im Einzelnen durchlas, ging es ihm um vitale Eckwerte. Neben Zonenflüchtlingen überschrieb er eine zweite Spalte mit *politische Haltung*. Auch hierfür wählte er den Rotstift, sozusagen als Symbol dafür, dass Spione eventuell aus dieser politischen Ecke stammen könnten. Als er am Nachmittag den Stapel überflogen hatte, war es bei dem einen Namen geblieben. Die anderen Angehörigen des Werkschutzes stammten mehrheitlich aus der Gegend und traten durch die Bank politisch nicht in Erscheinung, wenn man von Mitgliedschaften in Schützen- und Traditionsvereinen einmal absieht. Ohne den Leiter des Werkschutzes zu informieren, befahl er die Überwachung Penzbergs außerhalb des Werkes.

Peter Penzberg ging an diesem Abend nach Hause mit der Frage im Kopf: »Was war schiefgegangen?« Andere, nicht er und mit ihm die Staatssicherheit hatten das Rennen gemacht. Zu Hause angekommen, unterzog er seine Wohnung dem üblichen Kontrollgang – nichts Auffälliges. Auch die Haarsicherung war unberührt. Der turnusmäßige Funkspruch war erst übermorgen fällig. Kann er so lange warten? Er schaute aus dem Fenster und sah zwei parkende PKWs, einen *Borgward* auf seiner und einen *Käfer* auf der gegenüberliegenden Straßenseite. Er ließ sich in einen Sessel fallen. Bei dem Gedanken, mit dem Spionagefall nichts zu tun zu haben, wurde er ruhiger. Doch der Gedanke verdächtig zu sein, ehe man den wirklichen Spion gefasst hat, beunruhigte ihn aufs Neue. »Der Sender muss aus dem Haus«, dachte er. Aber zu wem und wohin? Eine Fahrt jetzt mit dem Auto und das Gerät auf dem Rücksitz – viel zu riskant. Er stand auf, zog sich einen alten Berufsmantel über und ging auf den Boden. Jede Mietpartei hat ihren Verschlag, der durch eine Nummer gekennzeichnet ist. Darüber hinaus gibt es noch freie Stellflächen, die der Hausmeisterei vorbehalten sind. Da fiel sein Blick auf den Verschlag neben ihm. Soviel ihm bekannt, gehörte er einer Witwe in der ihm gegenüberliegenden Wohnung. Das Vorhängeschloss war von einfacher Bauart und ließe sich relativ leicht öffnen. Dem Verschmutzungsgrad nach zu urteilen, war hier schon seit Langem niemand mehr gewesen. Seine Bodenkammer war nur zu einem Drittel belegt und wirkte aufgeräumt. Er konnte mühelos an die Wand zu seiner Nachbarin herantreten. Er untersuchte die Bretter, die beide Kammern voneinander trennten. Sie waren verschraubt, was eine geräuschlose Entfernung wesentlich erleichterte. Gesagt, getan. Der Werkzeugkasten stand ohnehin hier in seiner Bodenkammer, sodass er sofort beginnen konnte. Das Brett war breiter, als sein Koffer und als er es entfernt hatte, bot sich ihm das klassische Stillleben, das bei jedem Feuerwehrmann blankes Entsetzen hervorruft, einen Antiquar jedoch in Verzückung versetzen würde. In dem schmalen Ausschnitt wurden irgendwelche Möbelteile sichtbar, die von einem zerlegten Bett herrühren konnten. Vorsichtig nahm er den Koffer und schob ihn durch den freigewordenen Spalt. Die einzige Schwierigkeit bestand darin, die Bettteile nicht umzuwerfen. Deshalb band er die Bettteile mit einem Strick fest, damit er diese nach vollendeter Transaktion wieder in ihre ursprüngliche Lage ziehen konnte. Nachdem der Koffer so bei seiner Nachbarin Unterschlupf gefunden hatte, schraubte er das Brett wieder an und beseitigte alle Spuren seines Tuns. Selbst wenn Frau Nachbarin ihren Schlag wieder einmal betreten sollte, wäre der Koffer hinter den Bettteilen nicht sofort sichtbar.

»Nun beruhigen Sie sich erst einmal«, meinte Reiner Teller gegenüber Dr. Albrecht, dem die Angst ansprang. Das Auftauchen von Kripo, MAD schon einen Tag nach der Rückkehr aus Bonn, verunsicherte ihn maßlos. Ihm war unklar, woher sie wussten, dass das Material heimlich fotokopiert worden war. Noch waren keine Verhaftungen erfolgt, aber das war eine Frage der Zeit. Schließlich nahm seine Frau Kontakt mit Reiner Teller auf, wie es weitergehen soll. Teller versprach umgehend zu kommen. Er wusste, was passiert war. Dr. Albrecht, in Unkenntnis über die Sicherung der Pläne, hatte beim Fotografieren die Sicherheitsfilmstreifen unbeabsichtigt bloßgelegt und belichtet. Bei der Kontrolle im Ministerium hatte man das Geschehen entdeckt und suchte nach der »undichten« Stelle im Unternehmen. Der Mossad war nicht gerade glücklich über die Situation und es galt, den Verdacht von ihren Vertrauensmännern im Werk abzulenken. Deshalb war Teller so schnell gekommen um die weitere Strategie und auch Verhaltensweisen festzulegen. Seinem Verbindungsmann bei der Kripo hatte er bereits einen vertraulichen Tipp gegeben und auf einen Mann, namens Penzberg, vom Werkschutz aufmerksam gemacht.

Albrecht widersprach der Aufforderung, sich zu beruhigen. Er habe nicht die Absicht wegen Spionage verhaftet und eingesperrt zu werden. »Wir sind auch nicht an ihrer Festnahme interessiert und werden alles tun, sie da herauszuhalten«, versprach Teller und erläuterte ihm kurz seine Strategie. Dann wechselte er das Thema und entnahm seiner Tasche eine Filmspule im Super-8-Format. Dr. Albrecht nickte bejahend und holte einen Filmapparat hervor, während seine Frau eine Leinwand an der Gardine festmachte.

Ein Südseeparadies tat sich auf. Das Wasser leuchtete türkisfarben, während Palmen im Wind ihre Blätter wedeln ließen. Das Kameraobjektiv verschob seine Brennweite weit aufs Wasser hinaus auf eine kleine Insel, die am Horizont aus dem Meer auftauchte. Die Sonne stand im Rücken des Kameramannes. Dann leuchtete es über der Insel hell auf. Der Lichtblitz stieg nach oben, eine Rauchwolke nach sich ziehend, deren Fuß sich, wie bei einem Pilzstiel immer mehr verdickte. Die Kamera schwenkte um neunzig Grad in die Senkrechte, damit der Kopf des Pilzes deutlich wurde. Während dieser wuchs, wechselte er seine Farbe von gelb mit orangenem Streifen und dunklen Flecken zu rot. Jetzt musste der Kameramann die Brennweite zurücknehmen, damit das ganze Ausmaß der gigantischen Säule sichtbar wurde. Als auch das nicht mehr genügte, wechselte er zurück in die Waagerechte. Die Palmen im Vordergrund bogen sich wie bei einem Orkan. Feiner Sand wirbelte auf und drohte die Linse des Objektivs zu verkleben. Der Film lief ohne Ton und das machte die Szene so unheimlich, da sich der Zuschauer voll auf den optischen Eindruck der gewaltigen Explosion konzentrieren konnte. Das Donnern der Druckwelle, die Geräusche des aufkommenden Sturmes konnten nur in der Fantasie des Betrachters wahrgenommen werden. Mit dem allmählichen Auseinanderdriften des Pilzkopfes endete der Film.

»Das war die Explosion einer Wasserstoffbombe mit der vielfachen Sprengkraft der Hiroshima–Bombe. Über diese Waffe verfügen auch die Sowjets. Ich überlasse es Ihrer Fantasie, sich auszumalen, wie der Abwurf einer solchen Bombe über Düsseldorf aussehen könnte. Um das zu verhindern, arbeiten Sie für uns, auch wenn das etwas weit hergeholt klingt. Wir wissen nämlich mit ziemlicher Sicherheit, dass auch Ostberlin hinter den Plänen ihres Stabilisators her war. Sie waren schneller und dürften, da inzwischen alle aufgeschreckt sind, weitere Spionageversuche vereitelt haben, Herr Doktor Albrecht.«

Renate und Daniel Albrecht waren beeindruckt. Dieser vom Versuchszentrum im Pazifik gedrehte Film war so nie in die Öffentlichkeit gelangt und man war auch daran nicht interessiert. Fachleute konnten aus den detaillierten Aufnahmen Schlussfolgerungen auf die Sprengkraft der Bombe ziehen. Trotzdem waren alle drei überzeugt, dass die Aufnahmen auch den Sowjets bekannt waren. Daniel war anzusehen, dass er den Zusammenhang zwischen atomarem Wettrüsten und seiner kurz vor der Enttarnung stehenden Spionage nicht sah. Er beruhigte sich erst, als sein Gast ihm versprach, seine Verbindungen spielen zu lassen, um die Strafverfolgung in eine andere Richtung, zu lenken.

# IX.

»Toor« brüllte es aus dem Fernseher. Die ideale Geräuschkulisse für Gespräche, bei denen man nicht wusste, ob »Wanzen« mithören. Hier in der Stasizentrale Nordrhein–Westfalens war man nach der Verhaftung Peter Penzbergs verunsichert. Aus Berlin kamen harsche Töne, denn die Bilanz sah nicht sehr gut für die Gruppe aus. Die Liquidierung des Terroristen war missglückt, ein Mann tot. (Wolfgang war im Krankenhaus an den Schussverletzungen gestorben.) Peter Penzberg, der Mann bei MASSENBACH, verhaftet. Die militärischen Unterlagen hatten andere ausspioniert, aber wer? Nur das Attentat auf den Professor ist bisher ausgeblieben – ein kleiner Erfolg.

»Peter Penzberg hatte einmal etwas von einer Nutte erzählt, die er für unsere Arbeit gewonnen habe«, fragte Walter. Schweigen. Keiner hatte bisher etwas von dieser inferioren Beziehung gehört. Der Vertreter aus Berlin stellte fest, dass es genüge, wenn Walter, Leiter der Gruppe, davon wüsste. Er stellte Walter die Frage, ob er die Frau kennt und wer für Peters Verhaftung verantwortlich sei. Danach kündigte er Walters Abberufung an. Dankte ihm jedoch für die geleistete Arbeit.

Walter schloss die Augen und dachte: »Der Mohr hat seine Schuldigkeit getan. Der Mohr kann gehen.« Zehn Jahre ist es jetzt her, dass der Leutnant der geheimen Feldgendamerie Rolf Schönfelder vor einem sowjetischen Militärgericht wegen Kriegsverbrechen zu fünfundzwanzig Jahren Haft verurteilt wurde, nachdem man ihn, den falschen Unteroffizier der Wehrmacht, enttarnt hatte. Aber schon nach drei Jahren, in einem, im ukrainischen angesiedelten Straflager, kamen plötzlich Männer, die ihn in fließendem Deutsch vor die Wahl stellten, sich im Geheimdienst der neu gegründeten DDR einzubringen, Aufstiegschancen inbegriffen oder die nächsten zweiundzwanzig Jahre in Haft zu bleiben, falls er überlebe. Insbesondere sei man an seinen Kenntnissen aus seiner Heimat, Schönfelder stammte aus Koblenz, interessiert. Vor zwei Jahren war er dann als frischgebackener Oberleutnant der Staatssicherheit hierher versetzt worden, mit dem Ziel, eine funktionierende Abwehrzelle aufzubauen. Sein rheinischer Dialekt und sein Fotofachhandel waren die Fassade, hinter der er arbeitete. Aber offensichtlich war alles eine Nummer zu groß und – seine Gegner waren nicht nur hiesige Polizei und Abwehr, sondern auch konkurrierende Dienste anderer Staaten, die es sich ebenfalls zum Ziel gestellt hatten, seine Leute auszuschalten. Mit ziemlichem Erfolg, was die Ereignisse der letzten Wochen zeigten.

Das Fußballspiel neigte sich dem Ende, was den Reporter veranlasste, bereits einen Vorgriff zu wagen und dem Zuschauer vor dem Fernseher die Konsequenzen aus Sieg und Niederlage aufzuzeigen. Niemand hörte ihm zu. Nur Walter alias Rolf Schönfelder solidarisierte sich plötzlich mit den Verlierern.

Otto Barmer knallte die Motorhaube zu und wischte sich die ölverschmierten Hände an einem Lappen ab. »Ich habe noch einmal zwei Zündkerzen gewechselt. Damit kommen wir nicht nur über die Grenze, sondern auch bis ins Rheinland.« Otto Barmer sollte Recht behalten. Der Motor schnurrte gleichmäßig und fiel an der Grenze weder durch Aussetzer noch andere Unregelmäßigkeiten auf. Die Grenzpolizisten im Osten staunten zwar etwas, ließen ihn aber ohne Schikanen schließlich passieren. Es kam nicht oft vor, dass einer aus der DDR die Genehmigung bekam, mit dem eigenen Auto in den Westen fahren zu dürfen. Es war nicht ganz leicht, die Behörden davon zu überzeugen, das Ehepaar Barmer mit dem eigenen

PKW fahren zu lassen. Aber Otto Barmer sah nur einen Ausweg, den nun in die Jahre gekommenen Wagen fahrtüchtig zu halten, wenn drüben ein paar notwendige Reparaturen erfolgen könnten, in einem Land, wo der Wagen herstammt und Ersatzteile zu bekommen sind. Er hatte genügend Geld mitgenommen, eine Summe, die auch unter Berücksichtigung des Umrechnungskurses Ost- zu Westmark ausreichen müsste. Vielleicht geben auch Tochter und Schwiegersohn noch etwas dazu. Am späten Abend erreichten sie das Anwesen von Renate und Daniel Albrecht. Martha Barmer war vor allem neugierig auf ihren kleinen Enkel und erleichtert, dass ihre Tochter eine offensichtlich gute Partie gemacht hatte.

Während bei Albrechts der Besuch aus der Zone freudig begrüßt wurde, krachte mit lautem Getöse bei Reiner Teller der Küchentisch zusammen. Reiner gab für einige Journalistenkollegen und Freunde aus dem LKA eine kleine Party. Rosi sollte ihn als »Dame des Hauses« unterstützen und hatte sich der Küchenarbeit zugewandt. Der siebzehnjährige Sohn eines LKA-Mannes war auch zugegen. Sein Vater, zurzeit Strohwitwer, wollte seinen Filius nicht allein zu Hause lassen. So kam es, dass der junge Mann ein Auge auf die hübsche Rosi geworfen hatte, was dieser natürlich nicht entging. Eigentlich hatte sie sich vorgenommen heute Abend ihren Beruf ruhen zu lassen und wirklich nur als Hausdame aufzutreten. War es nun ein »nicht aus ihrer Haut« können oder das Alter des jungen Mannes, dass sich so wohltuend von dem ihrer sonstigen Kunden unterschied? Als Jürgen, so hieß der Junge, bei ihr in der Küche seine Hilfe anbot, war die Entscheidung gefallen. Zwanzig Minuten waren vergangen, seit Rosi mit dem Burschen allein in der Küche war. Ihr Grundkurs in Erotik war in die praktische Phase übergegangen. Was Lehrerin und Schüler nicht beachtet hatten, war, dass der Küchentisch diesen Belastungen nicht standhielt. Rosi konnte gerade noch das Tischtuch über sie beide breiten, ehe die Partygäste den beiden »Unfallopfern« zu Hilfe kamen... .

Otto Barmer hatte sich früh auf den Weg zur Werkstatt gemacht; auf einem Leporello hatte er sämtliche Mängel seines Wagen sorgsam aufgelistet. Äußerlich ruhig belastete ihn die Gretchenfrage, wie hoch der Kostenvoranschlag ausfallen würde, stark. Vom Kundenraum konnte er einen Blick in die Werkhalle werfen. Sein Auto fand allgemeines Interesse. Er verstand nicht was sie sagten, aber aus ihren Gesten und den Blicken zu ihm, war zu erkennen, dass sein Wagen aufsehen erregte. Nach einem länger erregt geführten Telefongespräch kam der Meister zu ihm und bat ihn, nachmittags wiederzukommen, dann wüsste man mehr und könnte etwas zu den Reparaturkosten sagen. Der Tag verging quälend für Barmer. Sein Schwiegersohn hatte ihm zwar in Aussicht gestellt, die anstehenden Reparaturen finanziell unterstützen zu wollen, aber Beruhigung wollte sich bei ihm trotzdem nicht einstellen.

Endlich war es soweit und er betrat zusammen mit seiner Frau das Gelände der Werkstatt. Was ihm auffiel, war ein nagelneuer Kleinwagen, der heute früh noch nicht dagestanden hatte. Eine Garantiedurchsicht dachte er und schenkte dem Wagen keine weitere Beachtung. Anders Martha: »Sieh mal, Otto! Was für ein hübscher Wagen. Das wäre doch was für uns«, meinte sie verträumt. Nun besah sich auch Otto das Auto, warf einen Blick ins Innere und umkreiste das gute Stück mit Kennermiene.

»Gefällt Ihnen Ihr neuer Wagen?«, fragte der Meister, der herangetreten war. Mit ihm war ein junger Mann gekommen. Er trug Anzug und Krawatte und eine lederne Mappe unterm Arm, was ihn als nicht zum Werkstattpersonal gehörig kennzeichnete. Man forderte die erstaunten Barmers auf, mit ins Büro zu kommen. Dort eröffnete man ihnen, dass die Firma sehr an dem alten Wagen interessiert sei.

»Von diesem neununddreißiger Modell existieren nach unserem Kenntnisstand gegenwärtig noch fünf Fahrzeuge auf der Welt. Selbst unser Firmenmuseum besitzt keines aus dieser Serie. Deshalb schlagen wir ihnen vor, uns ihren Wagen zu überlassen und wir schenken ihnen dafür einen fabrikneuen PKW. Davon laufen sogar einige in Ostdeutschland und wir haben drei Werkstätten drüben, die unsere Fabrikate betreuen und mit Ersatzteilen versorgen können. Wären Sie damit einverstanden?« Martha kniff ihren Mann freudig in den Arm. Sein »Au!« überzeugte sie, dass es kein Traum war, was sie da gerade zu hören bekamen. Otto freute sich auch über das Angebot, dachte aber schon weiter. »Wie soll er diesen Wagen problemlos rüberbekommen und was kommen an Zollgebühren auf ihn zu? Er erinnerte sich, gehört zu haben, dass er den Neuwert des Wagens in Ostmark aufbringen müsse, einen Betrag, den er weder in Ost- noch Westmark flüssig hat. Eher instinktiv als wohlüberlegt, bat er, die Nummernschilder und die Papiere seines alten Wagens mitnehmen zu dürfen, was ihm auch gestattet wurde. Seitens des Autohauses war man nur an einer von ihm unterzeichneten Überlassungsurkunde interessiert. Vollgetankt ging es sofort zu einer Spritztour hinaus. »Vielleicht schaffen wir die nötigen Kilometer für die erste Garantiedurchsicht«, meinte Otto frohgelaunt, als er die Abendsonne vor sich, dem Haus seiner Kinder entgegenfuhr.

»Ihrem Schwiegervater kann geholfen werden«, meinte Reiner Teller zu Dr. Albrecht, als dieser ihm von dessen Nöten mit dem unverhofft erhaltenen Auto berichtete.

Und so kam es, dass heute, am Heimreisetag Barmers nicht in ihrem neuen Wagen saßen, sondern von Reiner Teller auf seiner Fahrt nach Berlin mitgenommen wurden. Das Verlassen der Transitroute war für Teller mit seinem französischen Pass kein Problem (zumal der Mauerbau auch noch in weiter Ferne lag). Auf der Fahrt machte Teller sie mit seinen weitreichenden Möglichkeiten bekannt. Als Gegenleistung sollten sie ihm gegebenenfalls mit Auskünften zur Verfügung stehen. »Also Spionage«, meinte Otto Barmer resignierend. Teller meinte lächelnd er solle doch die Spionagegeschichten, wie sie in Ostdeutschland durch den Büchermarkt geistern und von den Leinwänden der Kinos herunterflimmern, vergessen. Auch die Unfehlbarkeit der Abwehr, sei nicht so ernst zu nehmen. Die Absicht Tellers, Familie Barmer vorerst als »Schläfer« einzuordnen, erzeugte fragend-erstaunte Gesichter und die ehrlich gemeinte Bemerkung, mit dem Begriff nichts anfangen zu können. Teller erklärte ihnen, dass man in Geheimdienstkreisen darunter Personen versteht, die nur auf besonderen Befehl aufklärerisch aktiv werden und sonst ein völlig normales und unauffälliges Leben zu führen hätten. Die alten Leute hatten viele Fragen, die ihnen Teller geduldig beantwortete. Er erzählte ihnen von seinem bisherigen Leben. Auch er war nicht als Agent auf die Welt gekommen. So gesehen, war er geborener Sowjetbürger und sprach fließend Russisch, was ihm, wie er freudig feststellte, in diesem Teil Deutschlands bei seiner Arbeit zugutekam. Als sie zu Hause ankamen, willigten sie ein, dem Mossad in Zukunft zur Verfügung zu stehen. Beim Koffer in die Wohnung tragen und einer abschließenden Tasse Kaffee gab er ihnen noch Hinweise, wie sie Nachbarn glaubwürdig auf den neuen Wagen vorzubereiten hätten. Als nach drei Wochen ein junger Mann ihnen den Wagen vor der Tür abstellte und ihnen Schlüssel und Wagenpapiere aushändigte, war die Freude groß. Die Barmers hatten nie erfahren, ob der Mossad die Zollgebühren übernommen hat oder mit gefälschten Papieren den Zoll umging. Jedenfalls hatten sie ein DDR-Kennzeichen am Wagen mit den dazugehörigen Papieren. (Und wenn der Wagen nicht kaputtgegangen ist, dann fährt er noch heute!)

## X.

Dagmar Mainhausen quittierte den Empfang ihrer Utensilien, die man ihr bei der Festnahme abgenommen hatte. Nach quälenden Tagen in der Untersuchungshaft und dem Katze-und- Maus-Spiel mit ihren Vernehmern kam plötzlich die Mitteilung durch ihren Anwalt, dass sich Andreas gestellt habe und Selbstanzeige erstattete.

»Also noch einmal. Beethovens Violinkonzert erklang, während die Frau Wäsche aufhing...?«, fragte Kommissar Franke. »Nein, Herr Kommissar, es war Mozart. Köchelverzeichnis zweihundertdrei – oder zweihundertfünf? Ich weiß es nicht mehr genau.«
Der Kommissar schüttelte ärgerlich den Kopf. Langsam hing ihm die Vernehmung des Psychopathen, der bei klassischer Musik Frauen mit Klaviersaiten erdrosselte zum Halse heraus. Es war ihm dabei eigentlich gleichgültig, welcher Klassiker die Mordattacken auslöste, während der Beschuldigte darauf gesteigerten Wert legte. Erst dessen Bemerkung, dass ihn Beethoven inspirierte, zum Messer zu greifen, ließ ihn aufhorchen. Sollten die niedergestochenen Frauen auch auf das Konto dieses Mannes gehen?
»Habe ich Sie richtig verstanden?«, fragte Franke und fasste zusammen: »Bei Mozart die Klaviersaite, bei

64

Beethoven das Messer.« Sein Assistent, Herr Kunnersbach, flüsterte ihm zu, zu fragen, wie er sich bei Brahms, Maler oder Bruckner gegenüber Frauen verhielt. Der Kommissar winkte schroff ab. Eine Antwort bekam er nicht, denn der Mann begann plötzlich zu weinen und rief nach seiner Mama. Man brach die Vernehmung ab. Ohne auf das psychiatrische Gutachten zu warten, stand fest, dass eine Verurteilung wegen mehrfachen Mordes kaum erfolgen würde. Vielmehr war ein lebenslanger Aufenthalt hinter den klinkenlosen Türen einer Anstalt zu erwarten.

Franke wirkte erschöpft. Trotz seiner langen Berufsjahre lernte man offensichtlich nicht aus und es war erschreckend, welche Variationen an sexuellen Macken ihm in seiner Laufbahn bisher begegnet waren. Morde, ausgelöst durch klassische Musik waren neu. Wenn wieder einmal etwas »Luft« ist, wird er recherchieren, ob ein ähnlicher Fall schon einmal bei der Polizei anhängig war. Zwei knapp dreißigjährige Männer wurden hereingeführt. Ohne aufgefordert worden zu sein, ergriff der eine das Wort:

»Ich bin Karsten Müller–Schräg, Rechtsanwalt. Mein Mandant, Herr Andreas Kaden, möchte Selbstanzeige erstatten.« Nachdem beide Platz genommen hatten, bot ihnen der Kommissar, entgegen seiner Gewohnheit, Kaffee an und ließ sich alles erzählen. Vom morgendlichen Festnahmeversuch durch die Kripo und Kadens bewaffnetem Widerstand mit anschließender Flucht. Müller–Schräg warf ein, dass von einem Polizistenmord nie die Rede war und dass es offensichtlich bis heute unklar ist, wer die beiden Männer waren, die seinen Mandanten verhaften beziehungsweise verschleppen wollten. Damit läge lediglich Notwehr vor. Mit dem Hinweis, eine solche Feststellung dem Gericht zu überlassen, bat Franke weiter zu erzählen. Kaden berichtete dann, wie er Frau Doktor Reinhardt kennen gelernt hat und sie ihn letztlich aufforderte, sich selbst zu stellen. Seit dem denkwürdigen Sonnabend waren knapp zwei Monate vergangen. In den Augen des Kommissars ausreichend Bedenkzeit. Andreas Kaden durfte gehen. Auf die Frage nach dem Verbleib der Pistole kam die lakonische Antwort: »Weggeworfen.«

Später wusste keiner mehr, wie es dazu kommen konnte. Über drei Tage saß »Mozart« zusammen mit Peter Penzberg in einer Zelle. Unterschiedlicher konnten zwei Männer kaum sein: Peter Penzberg der rational denkende Geheimdienstler und dieser »Mozart« mit bürgerlichem Namen Oswald Ulbricht, den Penzberg schlicht mit »Ossi« ansprach. Mit »Ich bin der Ossi«, hatte er sich auch ganz freundlich vorgestellt, als man Penzberg zu ihm in die Zelle legte. Allmählich erfuhr er die Geschichte des Jungen, der mit seinen vierunddreißig Jahren aussah, wie ein Mann Anfang zwanzig. »Eine Mischung aus Schwejk und Tarzan«, dachte Penzberg, als er ihm das erste Mal gegenüberstand. Auch ihm gegenüber schwärmte Ossi von Mozartkonzerten und den Sinfonien Beethovens, ohne – vorerst zumindest – Frauen ins Gespräch zu bringen. Als Peter ihn fragte, warum er eigentlich einsitze, wurden seine Augen feucht: »Ich liebe nun mal Frauen und Musik. Beides geht aber nicht zusammen«, meinte Ossi. Man hatte Penzberg nichts über seinen künftigen Zellengefährten verraten.
Deshalb konnte er sich keinen Reim auf das eben Gehörte machen, zumal sein Gegenüber nunmehr beharrlich schwieg. Dann wischte er sich seine Tränen ab und strahlte plötzlich übers ganze Gesicht: »Wollen wir abhauen? Ich weiß schon wie!«

Penzberg dachte zurück an jenen Tag, als man ihn wegen versuchter Geiselnahme und dem Betreiben eines illegalen Senders festnahm. Getreu der ihm erteilten Instruktionen schwieg er beharrlich bei den Vernehmungen. Eng wurde es, als man ihn dem Entführungsopfer Andreas Kaden gegenüberstellte. Er grübelte lange darüber nach, wie man ihn aufgespürt hatte. »Steckte Rosi dahinter?«, fragte er sich. Sie war die einzige, die von dem Mordplan wusste. Seinen Sender hatten sie offensichtlich nicht entdeckt. Aber seine Frequenz war ihnen womöglich bekannt, sodass es ein Leichtes war, die Funksprüche aus (Ost-)Berlin abzufangen. Der Gedanke, durch Flucht das »Ruder herumzureißen«, hatte etwas für sich und so hörte er sich Ossis Vorschlag, der genial wie einfach war, an.

»Wir können deshalb von der berechtigten Annahme ausgehen, dass die MASSENBACH-Papiere n i c h t in den Ostblock gelangt sind. Nach unseren Erkenntnissen aus Ostberlin hatte man zwar Kenntnis von dem Forschungsprojekt, aber an die Unterlagen sind der DDR- und sowjetische Geheimdienst offenbar nicht gelangt.« Mit diesen Worten beendete der Ressortleiter des MAD seine Ausführungen. Während er glaubwürdig seine These begründen konnte, blieben ihm auf die Frage, wer denn nun die Dokumente abgelichtet hat, nur vage Vermutungen. Das befriedigte zwar seine Bonner Vorgesetzten wenig, aber der positive Teil des Berichtes, darüber, wo die Papiere nicht sind, sicherte ihm seine Stelle – vorerst. Man beschloss, mit den Polizeibehörden vor Ort zusammenzuarbeiten und Verdächtige ebenfalls zu verhören, in der Hoffnung, noch die wahren Täter ermitteln zu können. Das Telefon klingelte. Der MAD–Chef hob etwas verärgert ab, weil er sich Störungen verbeten hatte. Seine Gesichtszüge verhärteten sich ob des Gehörten. Mit einem »Danke«, legte er auf.

»Nicht nur bei uns gibt es Pannen, meine Herren. Der Polizeipräsident teilt mir gerade mit, dass zwei Männer aus der U-Haft entkommen sind. Der eine, ein Psychopath und Frauenmörder. Das interessiert uns weniger. Der andere, ein ehemaliger Sicherheitsmann bei MASSEN-BACH, steht unter Spionageverdacht. Man hat um unsere Mithilfe gebeten.« Auf die Frage, wer dieser Mann sei, nannte er nur den Namen – Peter Penzberg. Einzelheiten würde die Polizei noch mitteilen, sodass er dazu noch nichts weiter sagen könne, zumal er den Namen heute auch das erste Mal gehört habe. Dabei erhob er sich und öffnete die Klappe eines Sekretärs. Die sich dabei einschaltende Innenbeleuchtung gab den Blick auf einige Flaschen mit hochprozentigem Inhalt frei. Man entschied sich mehrheitlich für Whisky. Nach den ersten Schlucken, die je nach Temperament unterschiedlich groß ausfielen, entspannte sich die Lage. Was der Gastgeber erreichen wollte, weg von der Kritik an seiner Dienststelle, hatte er geschafft. Die meisten der Herren warteten mit militärischen Erlebnissen aus der Kriegszeit auf und entsprechende Anekdoten machten die Runde. Nach dem dritten oder vierten Glas war der Krieg für Deutschland beinahe gewonnen. Der MAD–Chef, in seinem Beruf Schweigen gewöhnt, hielt sich auch hier zurück. Beim Trinken ohnehin. Als ehemaliger »Eins C« (Offizier für Feindaufklärung) eines Korps hat es nicht an Erlebnissen gefehlt, die bei seinen Gästen auf Interesse gestoßen wären. Soll er davon erzählen, wie es gelungen war, SS-Obergruppenführer Heydrich vor sowjetischer Gefangenschaft zu retten? Dieser war im Herbst neunzehnhunderteinundvierzig inkognito mit einem Flugzeug aufgestiegen, um sich über das Frontgeschehen zu informieren. Mit Motorschaden musste die Maschine hinter den sowjetischen Linien notlanden. Seiner Abteilung fiel die Aufgabe zu, den hohen SS-

General unbeschadet durch die Frontlinie zurückzuholen. Die Peinlichkeit war eine ungeheure.

Nur wenige hundert Meter hinter dem Gefängnis trennten sich die Wege von Ossi Mozart und Penzberg. Penzberg war klar, dass seinem Zellengenossen kein langer Aufenthalt in Freiheit beschieden sein wird. Er wolle zu seiner Mama, hat er ihm erzählt. Die Frage ist nur, wer ist eher dort. Die Polizei oder Ossi? Für Peter Penzberg gab es nur eine Möglichkeit für ein erfolgreiches Ende der Flucht - und die hieß DDR. Aber dafür braucht er Helfer nicht irgendwo, sondern hier in unmittelbarer Nähe. In einem kleinen Park machte er erst einmal Rast und überlegte. Er trug zwar Zivil und sein sonstiges Äußeres war nicht auffällig, aber ohne Geld war seine Bewegungsfreiheit eingeschränkt. Als die ersten Martinshörner erklangen, kam ihm der rettende Einfall: Rosi. Sie muss ihn ein paar Wochen beherbergen und dann Geld für die Flucht geben, damit er erst einmal unauffällig bis in die Nähe der Grenze gelangen konnte. Gesagt, getan. Als er noch grübelnd darüber nachdachte, wie er wenigstens ein paar Pfennige fürs Fahrgeld auftreiben könne, kam ihm der Zufall zu Hilfe. Während er langsam mit gesenktem Kopf zur nächsten Haltestelle ging, entdeckte er ein Zwei-Mark-Stück auf dem Kiesweg. Vom Stempelglanz der Münze war nichts mehr zu erkennen. Sie lag offensichtlich schon längere Zeit im Kies des Weges. Nachdem er sie trockengerieben hatte, erschien sie wieder umlauffähig. Er entledigte sich mit dem Fahrscheinkauf auch rasch wieder seines Fundes. Er hatte es befürchtet. Rosi war nicht zu Hause. Es war nicht ratsam, stundenlang vor ihrem Hause herumzulungern. In einer Eckkneipe, die zu dieser Vormittagsstunde schon erste Spätfrühstücker zu ihren Gästen zählte, bestellte er sich einen Kaffee. Es langte gerade noch für ein Kännchen. Im Radio brachten sie gerade die Meldung vom Ausbruch eines Häftlings. Die Fahndungsmeldung beschränkte sich auf einen Oswald Ulbricht. Sein Verschwinden hat die Polizei der Öffentlichkeit unterschlagen. Penzberg musste lächeln. Die Methoden im geheimdienstlichen Milieu sind überall gleich, stellte er fest. Zugegeben, er ist kein Serienmörder. Trotzdem gab er sich keinen Illusionen hin, dass mindestens genauso viele Beamte hinter ihm her sind, nur dass diese sich etwas leiser und unauffälliger bewegen. Klappern gehört zum Handwerk. Die Polizei muss nach dieser Panne Präsenz zeigen und Aktionismus an den Tag legen, um die Öffentlichkeit zu beruhigen. (In den Spätnachrichten kam dann die erlösende Meldung, dass man den flüchtigen Untersuchungshäftling wieder eingefangen habe.)

Major Drömer vom MAD hatte sich seinen Notizblock und Kugelschreiber bereitgelegt. Zusammen mit Offizieren der Kripo und Schutzpolizei wartete man noch auf den Chef. Ihn hatte man im Falle »Penzberg« hinzugezogen, um sich der Unterstützung des MAD zu versichern. Während die anderen Herren, sich mehr oder wenig kennend, leise Belanglosigkeiten austauschten, blieb Drömer außen vor und begnügte sich mit der Rolle des Außenseiters. Zum eigentlichen Tagesordnungspunkt – Flucht zweier U-Häftlinge, äußerte sich keiner der anwesenden Herren. Routine, sinnlos die paar Minuten, die bis zum Beginn der Sitzung verbleiben, damit zu belasten. Dann betrat der Chef der neu gebildeten Sondereinheit zusammen mit zwei Vertretern der Gefängnisaufsicht den Saal. Man war sich schnell darüber einig, die Flucht Penzbergs nicht bekannt zu geben. Erleichterung auf beiden Seiten. Für Justiz und Polizei, dass die Panne nur zur Hälfte öffentlich wurde; seitens des MAD, dass die Polizei seinem Wunsch so schnell entsprach. Wie hätte man Penzbergs U-Haft begründen sollen? Dass er wegen des Verdachts der Rüstungsspionage sitzt, konnte zu diesem Zeitpunkt weder im politischen noch geheimdienstlichen Interesse liegen. Wie will man vorgehen? Im Falle des Serienmörders war man sich schnell einig: Großfahndung, Meldung an Rundfunk und Presse mit Bild und Täterbeschreibung, kurzum, das volle Programm. Bei Penzberg nur Foto und Täterbeschreibung an Polizei, Bundesgrenzschutz und V-Leute. Da wurde es schon schwierig. In welchen Kreisen soll man nach ihm suchen? Alle blickten ratsuchend auf den Major und die Frage: »Was weiß der MAD?«, stand im Raum. Drömer erinnerte daran, dass der Hinweis, Penzberg sei in die Spionageaffäre bei MASSENBACH verwickelt, von einem Tippgeber der Polizei ausgegangen war. Dann informierte er nur noch über seine Recherchen, dass der Mann Zonenflüchtling sei. Mit seiner Flucht würden sich Verdachtsmomente erhärten, für den Spionagedienst der Zone zu arbeiten. Deshalb sei seine Festnahme mit der gleichen Dringlichkeit zu betreiben, wie die Suche nach dem Serienmörder. Dies müsse jedoch, wie vereinbart, lautlos geschehen.

Während Penzberg in einer Eckkneipe die Zeit totschlug, im Polizeipräsidium die Fahndung anlief, rekelte sich Rosi in der Badewanne der Hertenbachschen Villa. Der Professor hatte seine Gattin vorsorglich zur Kur nach Frankreich geschickt und Rosi war zur inoffiziellen Hausdame avanciert. Der Professor saß am Schreibtisch, noch im Bademantel. Er konnte und wollte sich nicht konzentrieren. Rosi mit ihrer »Liebe« zu ihm, bestimmte sein ganzes Denken. Diese Frau, fasst dreißig Jahre jünger als er, überraschte ihn immer wieder mit ihren erotischen Einfällen. Er glaubte weiß Gott nicht phantasielos zu sein, wenn es um Frauen ging. Auch seine Frau war nicht prüde und stand Abwechslungen im Eheleben nicht ablehnend gegenüber. Aber was Rosi so drauf hat! Erst heute Morgen wieder, einen Muntermacher hat sie es genannt als sie ihn in die Badewanne zog... .

»Heute Nachmittag werde ich mal wieder nach Hause gehen. Ich kann erst übermorgen wiederkommen, da ich noch andere Geschäftstermine wahrnehmen muss.« Mit diesen Worten setzte sich Rosi an den Frühstückstisch und schmierte ihrem Professor bereits ein Brötchen. Hertenbach zeigte sich wenig begeistert, dass ihn seine Hausdame während seines Strohwitwerdaseins fasst zwei Tage und mindestens eine Nacht allein lassen will.

»Heinz, du weist wer ich bin. Ich kann nicht bei dir bleiben. Das bist du auch deiner Stellung schuldig. Es könnte der Tag kommen, da wäre es dir vielleicht sehr unangenehm, mit mir bekannt zu sein. Deshalb ist es ganz gut, wenn ich ab und zu verschwinde. Ich bin überzeugt, dass bestimmt einer deiner lieben Nachbarn eine Strichelliste über meine Anwesenheit führt und mitbekommen hat, dass ich mehrfach über Nacht geblieben bin.«

Zu Hause angekommen, leerte sie erst einmal den Briefkasten. Reklame landete ungelesen im Papierkorb, Rechnungen unter dem Briefbeschwerer. Es war Abend geworden. In einer halben Stunde erwartete sie Kundschaft. Sie warf noch einmal einen prüfenden Blick in den Spiegel. Ihr wurde klar, dass sie die Rolle der attraktiven Blondine nicht mehr ewig würde spielen können. Langsam musste sie darüber nachdenken, sich neu zu orientieren, wenn sie denn im gehobenen Segment weiter mitspielen will. Sie hatte sich an den Lebensstil gewöhnt und gedachte, ihn auch aufrechtzuhalten. Ihre zweite Einnahmequelle und ihr Erfolg im geheimen Dienst war letztlich von ihrer Hauptrolle abhängig und mit dieser eng verwoben. Das Telefon klingelte und Rosi nahm ab.

»Hallo meine Gute. Mit uns heute wird das nichts. Die Fluglotsen streiken und ich stecke in Berlin fest. Mach dir einen schönen Abend!« »Hast du so eine schlechte Meinung von dir, dass es mit dir kein schöner Abend geworden wäre?«, entgegnete sie spitzzüngig. Dann bedankte sie sich trotzdem für seinen Anruf und legte auf. Gerade wollte sie in ihrem Notizbuch nach einem Ersatzkunden nachsehen, da klingelte es an der Wohnungstür. Vor ihr stand Peter Penzberg. Er schob sie in die Wohnung, was sie auch nahezu widerstandslos geschehen ließ. Doch dann machte sie ihm Vorwürfe, dass es nicht abgemacht sei, unangemeldet hier aufzutauchen.

»Ich brauche Geld und etwas zu essen. Außerdem werde ich gesucht«, so begrüßte er Rosi. Ihre Frage, ob er über Nacht bleiben wolle, verneinte er. Rosi war erleichtert. Das Peter unheimliches Glück hatte, sie gerade in dem Moment aufzusuchen, als ein Kunde abgelehnt hatte, verschwieg sie. »Genügen fünfhundert?«, fragte Rosi. Ohne eine Antwort abzuwarten, griff sie in ihre Handtasche und sprach weiter: »Ich schmiere dir ein paar Schnitten und gebe dir meine Thermosflasche mit. Möchtest du Kaffee oder Tee?« Peter hatte das Gefühl, dass sie ihn recht bald wieder loswerden will. Während sie in der Küche hantierte, machte er es sich im Wohnzimmer bequem. Die Strapazen der letzten Stunden forderten ihren Tribut – Peter schlief ein. Als Rosi aus der Küche zurückkam, scheiterten ihre behutsamen Versuche, ihn zu wecken. Sie griff zum Telefon und rief Teller an. Als er hörte, wer bei Rosi war, sagte er nur: »Lass ihn schlafen, ich bin in einer halben Stunde bei dir.« Teller überlegte. Soll man ihn der Polizei ausliefern oder seine Flucht nach Ostberlin unterstützen? Viel Zeit blieb ihm nicht, sich mit seiner Zentrale in Westberlin in Verbindung zu setzen.

der kleine peter ist endlich da +++ mama und söhnchen sind wohlauf +++ der stolze papa +++

»Das heißt im Klartext, Genosse Oberstleutnant, Peter Penzberg ist unerwartet die Flucht aus der U–Haft in Düsseldorf gelungen.« Der Oberstleutnant nahm das Telegramm in die Hand und schaute auf die Deutschlandkarte an der Wand. Zu dem jungen Hauptmann gewandt, befahl er die Grenzpolizei im Mittelabschnitt der Grenze zu verständigen und sofort Major Richter in Nordrhein–Westfalen zu informieren. Als nach zwei Stunden von der
NRW–Zentrale lediglich die dürftige Nachricht eintraf, dass nur der Ausbruch eines Sexualmörders gemeldet wurde und von Penzbergs Verbleiben nichts bekannt sei, wurde der Oberstleutnant langsam nervös. In Düsseldorf hoffte man auf ein Lebenszeichen von Penzberg. Dass an dem Ausbruch was dran sein musste, merkten Major Richters Leute daran, dass auf Bahnhöfen und auf dem Flugplatz die Kontrollen zurückhaltender als noch am Vortage weiterliefen, obwohl der Sexualmörder als gefasst galt. Das heißt, man sucht noch nach jemanden, von dem die Öffentlichkeit nichts erfahren soll. An den Autobahnauffahrten standen
Funkwagen oder PKW mit zivilen Kennzeichen und mit ernst dreinblickenden Herren besetzt.
Von all dem bekam Penzberg nichts mit. Weder vom Todesurteil, dass der Mossad gefällt hat, noch von der verzweifelten Suche nach ihm. Gesucht wurde er einmal von der Polizei und dem MAD und zum anderen von seinen Stasileuten. Reiner Teller saß bei Rosi und man überlegte, wie man Penzberg liquidieren soll. Rosi fand es schlicht infam, einen gegnerischen Kollegen, der einen bisher nichts getan hatte, einfach zu ermorden. »Gibt es nicht so etwas wie einen Ehrenkodex, dass man zwar

gegeneinander kämpft, aber sich nicht gegenseitig umbringt? Selbst im Krieg haben Geheimdienstler darauf verzichtet, sich umzubringen. In Friedenszeiten sollte das erst recht gültig sein.« Teller stand auf: »Befehl ist Befehl!«, meinte er, worauf Rosi ihm vorwarf, dass es sich die Männer damit immer sehr einfach machen. Plötzlich ging die Tür auf und Penzberg stand schlaftrunken im Rahmen: »Redet ihr über mich?«, fragte er gähnend.

»Ja, wir überlegen gerade, wie wir dich am besten umbringen«, erwiderte Rosi. Penzberg lachte trocken. Da kam Teller eine Idee. Rosi hatte ihm gesagt, dass sie ihm Geld und Proviant geben will. Er wird Penzberg eine Pistole zur Verfügung stellen und dann seinen Vertrauten bei der Polizei informieren. Laut sagte er zu Penzberg: »Ich bringe Sie hier weg, Sie können sich fertig machen.« Als die beiden weg waren, ließ sich Rosi erleichtert in einen Sessel fallen, rollte die Hausbar heran und goss sich einen großen Calvados ein. Irgendwie tat ihr Peter leid, obwohl sie weit davon entfernt war, ihn in sein Herz geschlossen zu haben. Sie wusste nicht und wollte es auch nicht wissen, was Reiner Teller mit ihm vorhatte.

Reiner Teller hatte es eilig. Er wollte mit Penzberg noch vor Einbruch der Dunkelheit aus dem Ruhrgebiet heraus sein und im Morgengrauen die Grenze in Küstennähe erreichen.
Sie fuhren die ganze Nacht durch. In Ratzeburg machten sie Rast. Teller gelang es, unbemerkt zu telefonieren. Er hatte seinem Gast ein Schlafmittel gegeben. Er konnte Penzberg sogar davon überzeugen, es einzunehmen. Er müsse morgen früh ausgeruht sein, da soll er die Zeit zum Ausschlafen nutzen. »...und während ich schlafe, fahren sie beim nächsten Polizeipräsidium vor und liefern mich ab.« Mit diesen Worten wollte Penzberg die Tabletten

ablehnen. Teller entgegnete lächelnd: »Ist es bei Ihnen üblich, jemanden eine geladene Waffe in die Hand zu drücken und ihn dann zu verhaften oder auszuliefern?« Penzberg schwieg. »Eins zu null für Herrn Teller«, dachte er im Stillen und merkte, dass mit der Erschöpfung sein logisches Denken abhandengekommen sein muss.

»Ich bringe den Flüchtigen zur Lübecker Bucht. Dort wird er dann versuchen, in den Osten zu entkommen. Das wird so im Morgengrauen sein. Achtung, der Mann hat eine *Walther* bei sich!« Zufrieden legte er auf. Er blickte auf seine Armbanduhr. Die Fahnder haben jetzt noch drei Stunden Zeit, die Festnahme vorzubereiten.

Kaum, dass Teller den Hörer aufgelegt hatte, setzte bei Polizei und MAD Betriebsamkeit ein. Nun hatte man eine Spur, zumal die Polizei von einem zuverlässigen Informanten ausging. Östlich von Lübeck ging der Bundesgrenzschutz in Stellung. Bei aller Vorsicht blieben die nächtlichen Vorbereitungen der Grenzpolizei auf der anderen Seite nicht verborgen. Ratlosigkeit machte sich breit, als beim BGS–Kommando Lübeck ein Fernschreiben aus Rostock einging. Was sollte man den Vopos aus der Zone sagen? Der Innenminister in Bonn wurde aus dem Schlaf geholt, um dieses höchst politische Anliegen zu entscheiden. Ungehalten über die Störung seiner Nachtruhe entschied der Minister eine vorbereitete Antwort zu telegrafieren. Um Aktionen vor der Öffentlichkeit, dem Gegner oder der Presse geheim zu halten, werden vorbereitete Ausreden gemeldet, mit dem Ziel den wahren Charakter der Aktion zu verschleiern. Man erfand einen Ausbruch eines Häftlings aus der Strafanstalt Hamburg-Fuhlsbüttel und meldete das nach Rostock, was zumindest der Halbwahrheit entsprach.

## XI.

Die Sonne stieg langsam am Horizont Mecklenburgs auf – flaches Land soweit das Auge reicht. Ein paar Baumgruppen ragen hervor. Je nach Umfang bilden sie kleine Wäldchen. Dann ein Dörfchen mit Kirchturm und wieder freies Land – Felder. Teller zeigte auf eine kleine Ansiedlung in direkter Verlängerung zu dem Waldweg, auf dem er mit seinem Wagen in Deckung gegangen war. »Das Dörfchen ist höchstens fünf Kilometer von hier entfernt und liegt bereits jenseits der Grenze. Ich denke, in knapp zwei Stunden können sie drüben sein.« Penzberg stieg aus. Teller gab ihm keine Hand beim Abschied, sondern begnügte sich mit einem Winken. Er hatte das Magazin in Penzbergs Pistole ausgetauscht. Es enthielt nur Platzpatronen statt scharfer Munition. Sollte es zum Schusswechsel kommen, die Polizisten brauchten nicht um ihr Leben fürchten.

Nachdem Teller nebst Wagen weg war, nahm der Flüchtling die Pistole aus dem Gürtel und überprüfte sie. Dabei bemerkte er die Falle, die man ihm gestellt hatte. »Wer war der Schuft, der ihn mit Platzpatronen kampfunfähig machen wollte?«, fragte sich Penzberg. Rosi oder dieser Teller mit seiner erstaunlichen Hilfsbereitschaft? Während er so nachdachte, überfielen ihn Zweifel, ob nicht die ganze Flucht eine einzige Falle war, in die er gehen sollte. Warum kutschierte man ihn ins Mecklenburger Land mit seinen weiten Feldern und großen weit einsehbaren Flächen? Sind Harz und Thüringer Wald nicht wesentlich chancenreicher dafür? Er greift in die Tasche. Rosis Geld war noch vollständig, da ihn die Reise und Verpflegung bisher nichts kosteten. Einen Grenzübertritt hielt er für zu gefährlich. Ein Blick zur Uhr, es ging auf fünf Uhr. Er entschloss sich, noch eine halbe Stunde liegen zu bleiben und dann in Richtung Lübeck zu marschieren. Vielleicht nimmt ihn ein Erntewagen oder Traktor ein Stück mit. Die Waffe ließ er, so wie sie war, im Gebüsch. Nachdem er zwanzig Minuten gelaufen war, hielt ein Lieferwagen einer Klempnerfirma. Der Fahrer fragte ihn nach seinem Ziel. Als Penzberg ihm Lübeck nannte, meinte der andere, dass er da bei ihm goldrichtig sei.

Gegen zehn Uhr erstattete der Bundesgrenzschutz Fehlmeldung bezüglich eines versuchten Grenzübertritts gegenüber der Polizei und dem MAD. Während sich bei den Sicherheitsnadeln Ratlosigkeit breitmachte, lag Penzberg gemütlich im Bett einer Lübecker Pension. Sein freundlicher Klempner hatte ihn an seine Schwester vermittelt, die im Lübecker Westen, abseits von Ostsee und anderen Sehenswürdigkeiten, mehr schlecht als recht mit Übernachtungen ihren Lebensunterhalt bestritt. Hier wurde nur nach Geld gefragt, nicht nach Ausweisen und polizeilicher Anmeldung. Penzberg gedachte hier drei Tage zu bleiben, um sich dann in Richtung Süden abzusetzen. An der hessischen Grenze wollte er dann einen zweiten Anlauf nehmen.

Als nach zwei Tagen die Fahndung nach wie vor ohne Erfolg geblieben war, blieben Schuldzuweisungen nicht aus. Polizei, Justiz und Bundesgrenzschutz warfen sich gegenseitig Versagen vor. Weniger emotionsgeladen ging es beim MAD zu. Major Drömer schlug vor, die Fahndung allein fortzusetzen und begann mit der Bestandsaufnahme, als Penzberg aus dem Gesichtskreis des V-Mannes an der niedersächsischen Grenze verschwand.

»Ich bin überzeugt«, so begann der Major, »dass der Mann die Falle erkannt hat, in die er tappen sollte. Er ist offensichtlich ein Profi. Wenn ich die Wahl hätte, mir den geeignetsten Ort für einen heimlichen Grenzübertritt auszusuchen, würde ich im Harz oder Thüringer Wald den

Versuch unternehmen.« Die Tafelrunde schaute sich an und dann zum Chef. Der Oberst nickte und meinte nur: »So machen wir es.«

Als Peter Penzberg in Bad Harzburg den Zug verließ, hatte es sich eingetrübt. Den Harz kannte er aus seiner Kindheit. Seine Großeltern wohnten hier und als Junge wanderte er viel mit seinem Großvater, zu einer Zeit, als der Brocken nicht Grenze war und man zwischen Bad Harzburg und Ilsenburg nur eine Stunde mit dem Fahrrad brauchte. Auf der ostdeutschen Seite waren fast doppelt so viele Polizisten wie im Westen eingesetzt. Das störte ihn nicht. Wenn die ihn mit den Worten: »Hände hoch! Deutsche Grenzpolizei.«, begrüßten, war er in Sicherheit. Aber so weit war es noch nicht. Er glaubte – und keine Anzeichen sprachen dagegen – war es ihm gelungen, eventuelle Verfolger erfolgreich abzuhängen. Die drei Tage Lübeck haben ihm dabei geholfen.
Es wurde langsam dunkel; in den dichten Wäldern des Harzes etwas eher als außerhalb. Selbst die Vögel zwitscherten nicht, was die Stille fast unheimlich und zugleich gefährlich machte. Von der Bundesstraße sechs waren vereinzelt Fahrzeuggeräusche zu vernehmen. Doch je weiter er nach Osten auf die Grenze zu marschierte, ebbte auch dieser Verkehr ab. Außer Fahrzeuge der Forstwirtschaft und des Grenzschutzes benutzte niemand mehr diese Straße. Er setzte sich auf einen Baumstumpf und wartete die Dunkelheit ab. Vor elf Uhr abends wollte er nicht weitergehen. Ab und zu knackte ein Ast, Eichhörnchen raschelten an den Baumstämmen hoch und runter und die Rufe einer Eule unterbrachen die Stille. Er lauschte. Nachgeahmte Käuzchenrufe dienten oft als konspiratives Signal. Aber diese waren echt. Sie kamen aus großer Höhe, wo sich Menschen normalerweise nicht aufzuhalten pflegen. Langsam ging er los.

Er hatte etwas die Richtung verloren, zumal die Bewölkung eine Orientierung nach dem Sternenhimmel ausschloss. Der Pfiff einer Lokomotive half ihm, den Weg nach Osten zu finden. Als die ersten Häuser vor ihm auftauchten, machte er einen großen Bogen. Aber der Ort lag verlassen da. »Die haben die Häuser hereingenommen und die Fußwege hochgeklappt«, dachte der Flüchtling amüsiert. Als er auf eine Hauptstraße einbog, leuchtete ihm das blaue Schild eines Volkspolizeireviers entgegen.

Während Penzberg den geistig etwas trägen Revierpolizisten seine wahre Identität klar zu machen versuchte, erhielt die MAD - Zentrale in Goslar die Mitteilung, dass es bei Ilsenburg einen Grenzübertritt in Richtung Osten gegeben habe. Nach Aussage des einzigen Zeugen, eines ortsansässigen Waldschrats, passte die Beschreibung des Mannes, der plötzlich in den grenznahen Wäldern auftauchte, auf Penzberg.

Roland Richter war ein untersetzter Mann, Anfang vierzig und mittelgroß. Der Cockerspaniel, der ihn beim Gießen der Gartenblumen begleitete, unterstrich gewollt die Spießigkeit der Szene. Unbedarftheit und bürgerliche Alltäglichkeit ausstrahlend, so wirkte der Mann auf seine Umgebung. Obwohl als freischaffender Grafiker firmiert, ging ihm jegliche Exorbitanz, wie man sie gemeinhin bei künstlerisch tätigen Menschen erwartet, ab. Eine junge Frau mit einer großen Grafikmappe unter dem Arm klingelte am Gartentor. Der Hausherr begrüßte sie zuvorkommend und der Hund schnupperte Schwanz wedelnd an der Besucherin. Unter einem Dach aus Weinlaub, das schon die herbstliche Röte anzunehmen begann, nahmen die beiden Platz. Vom benachbarten Balkon konnte man sehen, wie die Frau die Mappe öffnete und diverse Entwürfe zum Vorschein kamen. Doch im

Zwiegespräch ging es nicht um Motive, Mal- und Zeichentechniken.

»Peter Penzberg ist wieder zurück. Sie haben ihn nicht fassen und umbringen können, obwohl ihm seine angeblichen Helfer die Pistole mit Platzpatronen bestückten. Heimlich natürlich.« Dabei legte sie eine großformatige Guachezeichnung auf den Tisch. Eine Hafenszene. *Im Hafen von Marseille* war mit kleinen schwarzen Pinselstrichen darunter geschrieben. Daneben die Jahreszahl '55. Der samtige Charakter dieser Farben brachte die Landschaft des Mittelmeeres besonders zur Geltung. »Ihr bekommt den Auftrag, diese Person ausfindig zu machen und zu liquidieren. Nach unseren Erkenntnissen handelt es sich um die Prostituierte Monika Menzel mit dem – nennen wir es ihren Künstlernamen Rosi Netbrit.« Für das Wort »Künstlernamen« wählte sie eine etwas andere Tonlage beim Sprechen, so dass das Wort einen ironischen Unterton bekam. Richter schwieg und dachte nach. Dabei blickte er durch die Grafik hindurch, die er in der Hand hielt. Er hatte tatsächlich einige Semester Malerei studiert, ehe er zum Geheimdienst wechselte. Das ermöglichte ihm, als Grafiker getarnt, unbemerkt seiner Arbeit nachzugehen.

»Warum sollen wir diese Dingsda umbringen?«, fragte der Stasi-Major seine Besucherin. Ihm behagte es gar nicht, durch einen Mord erneut die Stasi-Außenstelle in Nordrhein-Westfalen aufs Spiel zu setzen. Dabei griff er zu einem neuen Blatt, einer Kohlezeichnung. Der Oberkörper einer auf der Seite liegenden *Frau mit kurzen Haaren* (so auch der Bildtitel) war zu erkennen. Sie hatte die Augen geschlossen.

Was träumt sie gerade? Sie scheint schöne große Augen zu haben«, dachte der Major.

Nach dem Debakel in der Vergangenheit und dem Tod eines Mannes, hatte er als neuer Chef hierzulande ein

schwieriges Erbe angetreten. Sein Gast, Genossin Oberleutnant Fischer, nahm eine neue Grafik in die Hand, ehe
sie ihm klarzumachen versuchte, dass es nicht um Rache
schlechthin ginge, sondern darum, geheimdienstliche
Aktivitäten gegen die Stasi in Zukunft auszuschalten.
*Kopfstudien* lautete der Titel der Zeichnung. Fünf
Männerköpfe, kreisförmig angeordnet, füllten das Blatt.
Dem Gesicht der Männer nach zu urteilen, war es ein und
derselbe Mann, der in verschiedenen Posen Modell
gesessen hatte.
Major Richter schlug vor, Leute aus Berlin kommen zu
lassen. Er selbst fühle sich mit seinen Männern vor Ort
nicht in der Lage und befürchte erneut eine Enttarnung,
die dann aber nicht so glimpflich abgehen würde, wie im
Falle Kaden. Die Unterhaltung über Mord oder nicht
hörte sich an, wie das Gespräch unter Gartenfreunden
übers Wetter. Außenstehende hätten an Hand der herum-
liegenden Grafiken auf ein tief schürfendes Künstlerge-
spräch geschlossen.
»Beauftrage doch eine Profikiller. Bei einem Mord an
einer Prostituierten denkt die Polizei ohnehin in eine
andere Richtung. Das ist ja auch der Grund, warum man
sie auf die Liste setzte und nicht den Mann, der Penzberg
zur Grenze brachte. Mit diesem Teller werden wir uns
auch noch zu befassen haben. Aber da sind die sowjetischen Genossen dran.« Die Fischer versuchte mit diesen
Vorschlägen, Major Richter eine Brücke zu bauen und
ihm die Abneigung gegen den Befehl aus Berlin zu
nehmen. Dann nannte sie ihm noch den Namen eines
Schweden, der in Hamburg wohnt und für solche Aufträge zur Verfügung steht.

## XII.

Olaf Tranberg saß in seinem Düsseldorfer Hotel. Er hatte weder ein Nobelhotel noch eine Absteige gewählt. In Nobelhotels, wo die Prominenz absteigt, sind oft Pressefotografen zu Gast und in billigen Absteigen die Polizei. Da er unauffällig bleiben wollte, musste er der Presse als auch der Polizei aus dem Wege gehen. Nachdem er sich im Zimmer umgesehen hatte, packte er seinen Koffer aus. Er reiste mit kleinem Gepäck. Außer der Pistole mit Schalldämpfer gab es nichts, was Aufschluss über seine Tätigkeit gegeben hätte. Seine Waffe trug er meistens bei sich, da der Zoll nur in begründeten Fällen Leibesvisitationen vornahm. Wegen der strengeren Kontrollen mied er Flugreisen. Natürlich könnte er sich auch vor Ort die Schusswaffe aushändigen lassen. Aber getreu der alten Bauernweisheit, der eigene Wetzstein ist immer der Beste, wollte er auf seine eigene Pistole nicht verzichten.

Er hatte es sich zur Angewohnheit gemacht, Einzelheiten über sein Opfer erst am Zielort zu erkunden. Nachdem er wusste, mit wem er es zu tun bekommt, entschied er endgültig über die Todesart. Die Kugel war keineswegs die einzige Alternative, Verkehrsunfälle, Abstürze oder Vergiftungen – die Palette, die ihm an Todesarten zur Verfügung stand, war breit. Tranberg schaute zur Uhr. In einer halben Stunde erwartet er einen Vertreter seines Auftraggebers in der Hotelhalle.

Major Richter stieg aus der Straßenbahn. Bis zum Hotel waren es noch hundertfünfzig Meter, die er schnellen Schritts zurücklegte. Er brauchte nicht lange suchen, der Mann mit einer schwedischen Zeitung in der Hand war schnell gefunden. »Herr Tranberg?«, fragte Richter. Dieser stand lächelnd auf und legitimierte sich mit dem vereinbarten Codewort. Dann nahmen beide Platz. Der Kellner brachte die Getränkekarte. Tranberg betrachtete sehnsüchtig die angebotenen Alkoholika, die er in seiner Heimat so vermisste. Aber er riss sich zusammen. »Wie heißt es bei den Deutschen: Erst die Arbeit, dann das Vergnügen!« Sein Gegenüber bemerkte die Blicke, sagte aber nichts. Stattdessen legte er wortlos eine Fotografie auf den Tisch. Sie zeigte eine junge Frau in einem Mercedes–Sportwagen sitzend. (Dieses Foto ging nach dem Tode Rosis durch die Boulevardpresse der halben Welt.) Dann legte er noch ein gefaltetes Blatt Papier und einen Briefumschlag dazu. Tranberg befühlte den Umschlag, nickte zufrieden und steckte ihn ein. Er hatte es sich zur Gewohnheit gemacht, solche Umschläge erst im Hotelzimmer zu öffnen, wenn er allein war. Auf dem Zettel fand er Angaben, wie Adresse, Alter und Beruf, sowie Gewohnheiten seines Opfers. Nachdem sein Auftraggeber gegangen war, bestellte sich Tranberg zwei Whiskys, ehe er auf sein Zimmer zurückging.

Weder Reiner Teller noch Rosi erfuhren etwas von der erfolgreichen Flucht Penzbergs, denn weder der BGS noch der MAD fühlten sich veranlasst, ihre Panne an die sprichwörtlich große Glocke zu hängen. Deshalb wurde seitens des Mossad auch kein Gedanke an einen möglichen Racheakt verschwendet. Für Tranberg war es so ein Leichtes, Rosis Haus zu observieren. Nachdem er so zwei Tage Rosi und ihr Umfeld in Augenschein genommen hatte, entschloss er sich, nicht von der Schusswaffe Gebrauch zu machen, sondern eine andere Todesart zu wählen.

Schwer atmend ließ sich Tranberg auf dem Bett nieder. Er hatte die Frau erheblich unterschätzt. Sie hatte ihm den kleinen Finger der rechten Hand gebrochen. Seine Waden sind angeschwollen und zahlreiche Hämatome werden ihre Spuren hinterlassen. Für eine große Tatortsäuberung fehlte ihm die Kraft und er verließ leise die

Wohnung seines Opfers. Er wird von seinem Auftraggeber einen zusätzlichen Tausender fordern. Man hatte ihm verheimlicht, dass Rosi offensichtlich eine Nahkampfausbildung erhalten hatte, was sein Vorhaben erheblich erschwerte. Er schlich zur nächsten Telefonzelle und rief an. Richter sagte sein Kommen zu. Man hatte ein Bistro im Hauptbahnhof gewählt, da Tranberg unverzüglich nach dem Treffen abreisen wollte.

»Das nächste Opfer werden Sie sein, im eigenen Auftrag.« Mit diesen Worten begrüßte Tranberg den Stasi-Major. »Womit habe ich das verdient?«, fragte der Major ahnungslos.

»Sie haben mir verschwiegen, dass die Frau eine Spezialausbildung im Nahkampf hatte. Es hätte nicht viel gefehlt und die Polizei hätte zwei Leichen vorgefunden. Warum haben sie mich ins Messer laufen lassen?« Tranberg hatte Mühe, seine aufkommende Wut zurückzuhalten. Einen lauten Streit hier in der Öffentlichkeit der Bahnhofsgaststätte vom Zaun zu brechen, konnten sich beide nicht leisten. Mit normaler Stimme forderte er weitere tausend Mark. Mit dem Hinweis, dass er den Mehrbetrag nicht bei sich habe, überreichte er den Umschlag mit der vereinbarten Restsumme. Seine Nachforderung könne er ja telegrafisch an- oder überweisen. Eine Nachzahlung von zweitausend Mark stellte Major Richter in Aussicht, wenn er jetzt sofort nach Hamburg abreise, stand auf und bezahlte. Tranberg blieb nichts anderes übrig, als die Heimreise anzutreten.

Während die Düsseldorfer Polizei im Rotlichtmilieu vergeblich nach dem Mörder suchte, hatte man beim Mossad langsam einen Anfangsverdacht! Wer war der Mann, der Rosi seinerzeit für einen anderen Geheimdienst werben wollte? Teller hatte ihn doch zur Grenze gebracht. Dabei sollte er den Behörden erneut in die Hände fallen. Eine

Erfolgsmeldung darüber lag bisher auch nicht vor. Während man in Berlin noch über Rosis Tod rätselte, überschlug sich die Presse mit Spekulationen über Rosis Liebhaber aus der High Society. Von einem Notizbuch war die Rede, das die Namen ihrer Stammkunden enthielt, die der Luxusdirne regelmäßig ihre Aufwartungen machten und dabei exorbitante Summen für ein Schäferstündchen bezahlt hätten. Außer Mutmaßungen und Spekulationen erfuhr, wie meistens, der Leser nichts Konkretes. Konnte er auch nicht, denn dieses Mal hielt die Polizei dicht und keine noch so verlockende Angebote der Journaille verleiteten die Beamten, Einblick in das Büchlein zu gestatten. Es war zur Chefsache erklärt worden und lag beim Kriminaldirektor im Safe. Dass er es jetzt aus dem kleinen diskret angebrachten Tresor nahm, hatte seine Gründe: Ein hochrangiger Offizier des MAD informierte ihn gerade darüber, dass Rosis Tätigkeit besorgniserregende Kreise gezogen habe und auch die Landesverteidigung und Rüstungsindustrie des Landes umfasste. Sein Besucher war ihm bereits von Innenminister angekündigt worden. Die Interessen der Landesverteidigung haben bei den Ermittlungen im Fordergrund zu stehen. Major Drömer informierte über den Verdacht, dass die Netbrit alias Menzel für den ostdeutschen Geheimdienst tätig gewesen war und Kontakt zu einem Mann hatte, dem kürzlich die Flucht in den Osten gelungen sei. Den Namen Peter Penzberg ließ er dabei unerwähnt. Der Kriminaldirektor blätterte im Notizbuch und reichte es seinem Gegenüber.

»Bemerkenswert ist lediglich der Adressteil, der in der Presse soviel Staub aufgewirbelt hat. Namen sind bisher nicht nach außen gedrungen und werden es auch nicht. Nur über meine Leiche!«

»Dann sollten Herr Kriminaldirektor aber sofort Personenschutz für seine Person organisieren«, warf der Major sarkastisch ein und fügte hinzu, dass es nicht bei der einen Toten bleiben müsse bei einem so brisanten Projekt. Ohne auf diese Bemerkung einzugehen, wies der Kriminaldirektor auf das Büchlein und meinte, dass die benannten Herren eigentlich über den Verdacht erhaben seien, für einen osteuropäischen Geheimdienst tätig zu sein. Wenn denn dem MAD oder BND andere Erkenntnisse vorlägen, so müsse man ihn das wissen lassen. Drömer blätterte im Adressenteil. Im Geiste ging er die Namen durch, die ihm im Spionagefall *Stabilisator* einfielen. In diesem Zusammenhang fand er nur den Namen des Chefkonstrukteurs Professor Hertenbach. »Können Sie uns eine Kopie überlassen? Ich würde gerne anderen Abteilungen die Namen vorlegen, falls der eine oder andere Freier dort bekannt sein sollte«, bat der MAD-Major den Kriminalrat.

Während im Düsseldorfer Polizeipräsidium der Kripochef gemeinsam mit dem MAD Rosis Notizbuch durchforsteten, saßen in der Berliner Mossadzentrale einige Herren über der fotografischen Kopie des Büchleins und hofften Hinweise auf ihren Mörder zu finden. Inzwischen war auch die Panne im Falle Penzberg bekannt geworden und die Berliner Kollegen räumten ein, dass nach Rosi auch er, Reiner Teller, Opfer eines Stasianschlages werden könnte. Seit dem Mord an Rosi war eine Woche vergangen und die Polizei hatte noch keine Anhaltspunkte, woraus man schloss, dass es sich um keinen Wald- und Wiesenmord im Prostituiertenmilieu handelte, sondern andere Beweggründe vorlägen und der Mörder offensichtlich professionell vorgegangen war. Teller verließ das Mossadbüro genau so klug wie er es betreten hatte. Man drehte und wendete, malte Netzwerke – wer mit wem bekannt war – nichts. Er fuhr in seine Pension, stellte den Wagen ab und ging ein Bier trinken. Ein Mann setzte sich zu ihm an den Tresen und bat um Feuer. Er sprach Berliner Dialekt. Der Mann erinnerte ihn an Penzberg. Obwohl fasst zehn Jahre älter hatte er eine gewisse Ähnlichkeit mit Penzberg, den er seinerzeit zur Grenze begleitet hatte. Nein, der Mann neben ihm auf dem hochbeinigen Hocker war ein harmloser Altstoffhändler, der gerade dabei war, seine Buntmetallprämie zu verflüssigen. Einer plötzlichen Eingebung folgend, beschloss er, in den Ostsektor zu fahren. Das Auto ließ er stehen. Die Sektorengrenze passierte er ohne Zwischenfälle. Ehe er sich versah, stand er vor einem nüchternen Gebäudekomplex.

*Deutsche Demokratische Republik – Ministerium für Staatssicherheit* stand auf dem Messingschild. Für Ostgeld erwarb er eine Zeitung. Er wollte sie aufschlagen, um sich dahinter zu verbergen. Rechtzeitig wurde ihm das Kindische seines Benehmens bewusst, deshalb faltete er sie rasch zusammen und ging los, das Haus zu umrunden. Aus einer Ausfahrt kam ein schwarzer BMW mit ernsthaft dreinblickenden Männern besetzt. »Das Klischee lässt grüßen«, dachte er so bei sich. Dann hatte er das Stasiviertel umrundet und stieg hinauf zur S-Bahn. Auf dem Bahnsteig stand ein Mann, der ihm sofort bekannt vorkam: Peter Penzberg, dieses Mal der Echte. Auch Penzberg benutze den gleichen Zug wie er. In Köpenick stieg er aus und ging einkaufen. Teller stellte sich hinter ihm in die Schlange, darauf bedacht, dass mindestens zwei Kundinnen sie voneinander trennten. Obwohl etwas aus der Übung, waren Teller die Gepflogenheiten des Schlangestehens noch aus der Sowjetzeit bekannt. Auch die ersten Jahre in Israel gehörte die Warteschlange hin und wieder zur Verkaufskultur.

»Was solls denn heute sein Herr Schäfer«, mit diesen Worten begrüßte die freundliche Verkäuferin Peter Penzberg. Für Teller eine neue Situation. Ohne bemerkt zu werden, folgte er ihm noch zum Wohnhaus das Schäfer-Penzberg betrat. Ein Blick auf das Klingelbrett brachte Gewissheit und Komplikation zugleich: Der Name *Schäfer* war gleich zweimal vertreten. Verbarg sich Penzberg hinter *Gustaf Schäfer* oder *M. Schäfer*? Das herauszufinden war Sache der Dienststelle. Jedenfalls beeilte sich Teller nun, so schnell wie möglich nach Charlottenburg zu kommen.

Als die Schüsse auf dem abendlichen Nordbahnhof, der letzten Station im demokratischen Sektor knallten und Peter Penzberg alias Martin Schäfer zusammenbrach, war der Entführungsversuch des Mossad gescheitert. Teller hatte seine Beobachtung sofort gemeldet. Die daraufhin unternommenen Recherchen bestätigten die Vermutung der israelischen Geheimdienstler, dass Peter Penzberg nach gelungener Flucht aus der U-Haft und dann in den Osten mit neuer Identität wieder im Dienst war. Nach einer Kontaktaufnahme willigte Penzberg ein, eine Aussage zu machen und freiwillig nach Westberlin zu kommen. Eine spektakuläre Entführung sollte vermieden werden. Nachdem er ein erstes Treffen hat platzen lassen und nicht erschienen war, hatte man ihn dieses Mal bereits auf dem Heimweg gestellt und wollte ihn nun unter unauffälliger Beobachtung in den Westsektor der Stadt bringen. Eine zufällig aufkreuzende Streife der Transportpolizei auf dem innerstädtischen Grenzbahnhof nahm Penzberg zum Anlass, auf seine Beschatter aufmerksam zu machen und deren Verhaftung zu erwirken. Der Aufforderung die S-Bahn zu verlassen, kamen die beiden Mossadagenten scheinbar nach. Penzberg verließ zuerst den Zug. Als er den Bahnsteig betrat, schoss einer der Bewacher ihn nieder. Der andere hielt die beiden Trapo-Männer mit seiner Pistole in Schach und drängte sie in das Wageninnere zurück. Die Bahn setzte sich in

Bewegung und alle erreichten wohlbehalten die Station Gesundbrunnen in Westberlin. Dort konnten sich die beiden Männer erfolgreich absetzen, da die Befugnisse der Trapo am Bahnhofsausgang endeten.

Im Düsseldorfer Polizeipräsidium hatte nun ein merkwürdiges Katze-und-Maus-Spiel begonnen. Presse, Funk und Fernsehen berichteten ausführlich und genüsslich über das Notizbuch mit hochkarätigen Namen angeblicher Freier, ohne auch nur einen nennen zu können. Die betroffenen Herren, die in dem Büchlein genannt waren oder es glaubten, erschienen zur Selbstanzeige bei der Polizei. Franke, der ermittelnde Kommissar, stöhnte und fand, dass Goethe Recht hatte wenn er seinen Zauberlehrling sagen ließ:

> Die ich rief, die Geister
> werd ich nicht mehr los.

Fast alle hatten ein Alibi und die, die keines hatten, schieden nach kurzer Recherche ebenfalls aus. Die Kontakte zu den Geheimdiensten, die der Kriminaldirektor geknüpft hatte, lieferten auch keine neuen Erkenntnisse. Was die Polizei erstaunlich fand, war, dass die Dienste an dem Büchlein plötzlich kein Interesse mehr zeigten.

Man hatte vom Herrenzimmer einen wunderbaren Blick auf den Rhein und die angrenzenden Weinberge. Wie ein Silberfischchen auf einem dunklen Teppich schlängelte sich ein Zug am Fluss entlang. Selbst bei geöffnetem Fenster war vom Verkehr aus dem Tale nichts zu hören. Soweit der Blick reichte, kein Häuschen und keine andere Burg behinderte den Blick. Das war auch gut so. Die fünf Männer wollten ungestört sein und nicht befürchten müssen, belauscht zu werden. Selbst Flugzeuge oder Hubschrauber konnten sich nicht nähern, ohne dass man sie bemerkt hätte.

»Ich darf ausdrücklich betonen, dass die ermordete Prostituierte auf keiner Gehaltsliste bundesdeutscher Dienste stand. Es gab einen Hinweis, dass sie vor Jahren bei den Briten einen Speziallehrgang belegt hatte und seit dem Kontakte zum Mossad haben soll. Eine Verbindung zu dem Spionagefall bei der MASSENBACH AG ließ sich nicht nachweisen, aber auch nicht ausschließen.«

Der Mann, der das sagte, war Geheimdienstkoordinator bei der Bundesregierung. »Na sehen Sie, meine Herren! Nichts Konkretes weiß man nicht. Wir von der Wirtschaft wollen doch nur verhindern, dass alle die Herren, die mit diesem Mädchen Kontakt hatten und deren Adressen vorliegen nun in einem ihrer Dossiers erscheinen. Deshalb, Herr Staatssekretär, wollen wir, dass die Wirtschaft und ihre führenden Köpfe in Ruhe gelassen werden.«

»Soweit nicht schon Dossiers von Leuten vorliegen, deren Namen im Verzeichnis der D a m e enthalten sind, brauchen sie sich keine Sorgen zu machen.« Dezentes Lachen war die Reaktion auf die Bemerkung des Staatssekretärs. Man einigte sich dahingehend, dass das Büchlein in Düsseldorf im Safe des Kriminaldirektors verbleibt und keinerlei Kopien angefertigt werden. Der Herr Staatssekretär wurde gebeten, die Wünsche der Wirtschaft im Innen- und Verteidigungsministerium durchzusetzen und eventuellen Begehrlichkeiten bestimmter Ämter zu begegnen.

Zufrieden mit dem Ergebnis, wurde ein 1948er-Rheinwein entkorkt. In das dezente Schlürfen der Weinkenner mischte sich die Frage eines professoralen Anwaltes, ob man schon einmal darüber nachgedacht habe, dass der Mörder hinter den Namen her war und, um sein Motiv zu verschleiern, das Büchlein absichtlich zurückließ. Mit dem Hinweis, dass der Fotoapparat schon lange erfunden wurde, blieb die Frage im Raum und dämpfte die allgemeine Stimmung. Das betretene Schweigen brach schließlich der Vertreter der Bundeswehr:

»Meine Herren, wenn im Krieg wichtige Meldungen und Karten im Trubel der Ereignisse plötzlich unauffindbar blieben, musste es auch weitergehen. Was hat man denn gefunden? Nur Namen, Telefonnummern oder was? Ich unterstelle mal, dass nicht einmal Beruf, Firma oder Dienststelle das Mädchen interessiert haben. Selbst wenn es eine Kopie dieses Büchleins geben sollte, wäre sie für eine Erpressung ungeeignet. Der oder die Erpresser müssten fürchten, in die Fahndung einbezogen zu werden. Nachdem dieser Mordfall derart viel Staub aufgewirbelt hat, wäre die erforderliche Lautlosigkeit nicht gegeben. Das schützt Sie, meine Herren!« Die pragmatische Denkweise der Soldaten wurde zwar bewundert, aber den Herren kamen Zweifel, ob sich denn die Überlegungen aus Kriegszeiten so ohne Weiteres auf die heutige Situation übertragen lies. Andererseits blieb ihnen nichts anderes übrig, als abzuwarten.

Als Reiner Teller den Büfettraum betrat, traten ein Herr an ihn heran und nannte ihm seine Autonummer. Teller nickte zustimmend und sagte, dass es sich um einen *Borgward* handelte. Zuerst vermutete er, dass man sein Auto vom Hotelparkplatz gestohlen habe. Der Kriminalpolizist meinte nur: »Na, dann kommen Sie mal mit!« Auf dem Parkplatz stand sein ausgebrannter Wagen. Daneben lag ein Toter. Nur die Füße mit Herrenschuhen schauten unter der Decke hervor, sodass es offensichtlich ein Mann war, der in dem Borgward zu Tode gekommen war. »Soweit wir wissen, ging in ihrem Wagen eine Autobombe hoch, die Sie treffen sollte, Herr Teller. Bei dem Toten handelt es sich um einen stadtbekannten Autodieb, dem Sie Ihr Leben verdanken.« »Dass gewissen Leuten es offenbar nicht genügte, Rosi umzubringen«, dachte er. Laut spielte er den Ratlosen und brachte das dann auf dem Polizeirevier so zu Protokoll.

»Wie lange schätzt du, brauchen deine Mörder, um festzustellen, dass der Falsche gestorben ist? Ich will es dir sagen. Höchstens vierundzwanzig Stunden«, meinte der Leiter der Berliner Mossadzentrale. Man vereinbarte, dass Teller nach Düsseldorf zurückfliegen und schleunigst Urlaub in Italien oder Frankreich machen solle. In der Zwischenzeit könnte man die Ermittlungen aufnehmen und auch seine Wohnung in Düsseldorf vor unliebsamen Besuchern schützen.

Dem sowjetischen Geheimdienst nützte die Erkenntnis wenig, dass es sich bei dem Journalisten um den ehemaligen Ukrainer Boris Tarelka handelte. Der Versuch, in seiner Wohnung eine Abhöranlage zu installieren, blieb erfolglos. Die Polizei fand vor dem Haus einen Mann mit einer Schussverletzung auf der Straße liegen. Offensichtlich hatten der oder die Mörder, um sich der Leiche zu entledigen, diese über den Balkon geworfen. Aber von welchem Balkon? Niemand hatte etwas gesehen oder gehört. Die Befragung eines Herrn Teller musste die Polizei verschieben, bis er aus dem Urlaub zurückkehrt. Außerdem wäre es unwahrscheinlich, dass ausgerechnet in der Wohnung eines Urlaubers ein derartiges Verbrechen verübt würde. Der Fall kam bei der Polizei zu den Akten.


## XIII


Roland Richter saß in seinem Atelier. Der Anruf, der ihn gerade erreichte, hatte mit Kunst oder Grafik wenig zu tun. Der angemeldete Besucher auch nicht. Da waren die Pannen. Der Auftragskiller wollte mehr Geld. Der Mord hatte für bundesweites Aufsehen gesorgt und die Gefahr, das wahre Mordmotiv und damit die Mörder von Rosi zu entlarven, war noch nicht gebannt. Die Panne der sowjetischen Genossen im Falle Teller schlug auch bis hier nach Düsseldorf durch. Was wird man ihm vorschlagen? Rückkehr in die DDR, Schreibtischarbeit, berufliches Abstellgleis. Er hatte gefallen an seinem Alibiberuf als Grafiker gefunden und glaubte in der Szene hierzulande inzwischen mitreden zu können. Soll er das alles aufgeben? Auch Adelheid, sein Verbindungsoffizier nach Berlin, war für ihn inzwischen mehr als nur ein Kurier. Wenn sie mehrere Tage hier blieb, schliefen sie schon lange nicht mehr getrennt. Ihre Ehe, ihr Gatte war irgend so ein Abteilung- 1- Mann bei der Reichsbahndirektion, schien auch nur noch auf Befehl zu funktionieren. In einer Stunde wollte sie da sein. ... und wenn sie beide zusammenblieben, ihre gemeinsame Liebe füreinander und zur Kunst zum alleinigen Lebensinhalt werden ließen? Sie wären dann frei von geheimdienstlichen Zwängen, dem konspirativen Einerlei und der stetigen Angst vor Entlarvung. Doch wem kann man sich anvertrauen, dem hiesigen Verfassungsschutz? »Den Umweg kann man sich schenken«, dachte Richter und fuhr in seinem Selbstgespräch fort: »Da kann ich mich gleich bei der Berliner Stasi-Zentrale zurück melden!« Nein, offizielle bundesdeutsche Dienststellen kommen nicht infrage. Vielleicht weiß Adelheid inzwischen mehr. Er war überzeugt, sie für einen Ausstieg zu gewinnen.

Mit einem »Bist du allein?«, begrüßte Adelheid den Major. Dann ging sie ins Atelier. Ihre obligatorische Grafikmappe hatte sie wieder bei sich. Roland kochte erst einmal Kaffee. Als er das Atelier betrat, saß Adelheid nackt im Besucherstuhl. Der Major hätte beinahe den Kaffee fallen lassen und gestand ihr seine Überraschung. »Freue dich nicht zu früh!«, meinte sie. »Wie darf ich das verstehen, Genossin Oberleutnant? Soll ich einen Akt von dir zeichnen?« Die Fischer stand auf und ging auf ihn zu, legte ihre Arme um seinen Hals und eröffnete ihm, dass sein letztes Stündlein geschlagen habe. In Berlin hätte man verschiedene Szenarien durchgespielt. Ob Vergewaltigung oder unglückliche Liebe, jedenfalls soll die Polizei dich oder uns beide hier tot und nackt vorfinden. Mit dem Hinweis, dass nur noch ein sofortiger Ausstieg ihr Leben retten könne, ließen sich beide erst einmal auf dem Teppich nieder. Dabei begann sie, ihn auszuziehen. Es war Nacht geworden. Adelheid und Roland fanden keinen Schlaf, obwohl sie sich genügend ausgetobt hatten. »Für wen arbeitet dieser Teller?«, fragte Roland. »Den wirst Du nicht mehr finden, nachdem er dem Anschlag entgangen war«, entgegnete Adelheid. Beide waren sich darüber klar, er und seine Leute könnten das Tor zum Ausstieg sein. Aber wie ihn finden? Um sich vor Nachstellungen durch Dritte zu schützen, beschlossen sie, erst einmal Urlaub zu machen und vereinbarten nach Italien zu fahren.

Es war herrliches Frühlingswetter und die Vorsaison die dankbarste Urlaubszeit. Adelheid und Roland hatten ihre Skizzenblöcke auf dem Schoß und genossen das Panorama des Golfes von Neapel, das sich ihnen auf dem Vorderdeck des Schiffes darbot. Landschaftsmaler und Zeichner bevorzugen meistens ein festes ruhiges Motiv. Aber die geringe Geschwindigkeit mit der die Fähre Ischia und Capri verband, beeinträchtigte keineswegs unsere beiden bei ihrer künstlerischen Arbeit. Ein Mann stellte sich hinter sie und bat auf Deutsch, zuschauen zu dürfen, was man ihm auch gewährte. Die Konversation der drei beschränkte sich auf ein paar belanglose Worte. Erst bei einem gemeinsamen Mittagessen kam man sich näher und es stellte sich heraus, dass die beiden Männer in Düsseldorf beheimatet sind. Der kunstinteressierte

Herr stellte sich als Reiner Teller von Beruf freiberuflicher Journalist für deutsche und französische Zeitungen vor, während Roland Richter ihm nicht nur seinen Namen, sondern auch die Adresse seiner Galerie nannte. Adelheid stellte er scherzhaft als seine Muse und begnadete Künstlerin aus Berlin vor. Beim Namen *Teller* stutzte Adelheid. Dann war sie sich schlagartig klar, dass das nur ihr *Teller* sein konnte, den der sowjetische Geheimdienst suchte. War er auch auf der Flucht wie sie beide? War das alles Zufall, dass man sich hier traf und wie sich herausstellte, nur wenige hundert Meter entfernt auf Ischia Urlaub machte? Adelheid beabsichtigte Herrn Teller bei »den Hörnern« zu packen und ihm für die Fluchthilfe für Peter Penzberg zu danken. Doch dann verwarf sie den Gedanken. Sie wollte ihn ja nicht entlarven, sondern um Hilfe bitten. Oder vielleicht gerade ihn daraufhin ansprechen? Sie entschloss sich, alles noch einmal zu überschlafen. Sie beschlossen Teller beim Frühstück anzusprechen.

»Einen Trumpf haben wir«, meinte Roland. »Die Sowjets sind hinter ihm her und wir kennen seinen Aufenthaltsort, das müssen wir ihm behutsam klar machen.«

Das Frühstück verlief nicht sehr erquicklich für die drei Deutschen. Obwohl man das anfängliche Katze–und–Maus-Spiel bereits hinter sich hatte, war eine Lösung für die beiden Stasi-Deserteure noch nicht ohne Weiteres in Sicht. Ein Verbleib in Deutschland, um im Kunsthandel weiter arbeiten zu können, wäre ohne behördliche Hilfe nicht möglich. Seine Dienststelle könnte lediglich behilflich sein, sie vor Attacken ihres ehemaligen Brötchengebers zu schützen. Als Gegenleistung erwartete man restlose Aufklärung über den Tod von Rosi. Weitere Versprechungen wollte Teller nicht machen, da er erst alles von Deutschland aus klären könne, zumal er auch gute Freunde bei der Polizei habe. Das frühsommerliche und milde Wetter hatte sehr dazu beigetragen, das eher düstere Problem für beide Seiten akzeptabel zu gestalten. Kurz vorm Ende des Urlaubes nannte Richter noch den Namen des Auftragsmörders und Teller gestand ihm, für den Mossad zu arbeiten.

Die Autobahn A 7 war zur Überraschung von Olaf Tranberg relativ leer und er kam gut und zügig vorwärts. Deutschland war schon ein merkwürdiges Land. Nirgends bekam er so viele Aufträge wie hier! Im eigenen Land könnte er nicht überleben. Wieder stand Düsseldorf in seinem Auftragsbuch. Diesmal empfand er sogar etwas Genugtuung um nicht zu sagen Freude. Mit Emotionen hielt sich Tranberg naturgemäß zurück. Aber er fühlte sich bei dem Prostituiertenmord im vorigen Jahr schlecht informiert und die geforderte Nachzahlung war auch ausgeblieben. Jetzt hatte er den Auftrag, seinen damaligen Auftraggeber zu liquidieren, den Galeristen und Stasi-Major Roland Richter. Neben ihm tauchte plötzlich ein weißes Mercedes-Sportcoupé auf. Auf gleicher Höhe mit ihm verlangsamte der Fahrer das Tempo und die junge Frau grüßte lächelnd zu ihm herüber. Die Frau trug eine blonde Kurzhaarfrisur, kräftig rot geschminkte Lippen und ein gepunktetes Kleid. So kannten sie tausende Bundesbürger, die *»Das Mädchen Rosemarie«* im Kino gesehen hatten. Auch Tranberg war über die Ähnlichkeit verblüfft, zumal die Frau so tat, als ob sie ihn kennen würde. Er spürte plötzlich Unsicherheit. An ein Entkommen war nicht zu denken. Der Motor des Mercedes war seinem überlegen. Was wollte man von ihm? Eine Antwort erübrigte sich in dem Moment als der vermeintliche Rosi–Zwilling plötzlich eine Pistole mit Schalldämpfer hervorholte und zweimal abdrückte. Tranberg verspürte einen Schlag. Noch bevor er das Bewusstsein verlor, trat er auf die Bremse. Das Aufheulen des davon schießenden Coupés hörte er schon nicht mehr... .

»War ich gut?, fragte Renate Albrecht den Fahrer und nahm ihre blonde Perücke ab. Dann entfernte sie den leuchtend roten Lippenstift mit einem Zellstofftaschentuch. An der nächsten Ausfahrt verließ Reiner Teller die Autobahn. In einem Waldstück hielten sie an und zogen sich um. Das auffällige Kleid wich einem einfarbigen Pullover vom Wühltisch und einem cremefarbenen Rock. Teller riss sich seinem Backenbart ab und verzichtete auf die Sonnenbrille bei der Weiterfahrt, was bei dem bewölkten Himmel durchaus möglich war.

Von dem Moment, als sich Teller mit dem Coupé an Tranbergs Wagen heran schob, Renate zweimal schoss, bis zum Verlassen der Autobahn mit der kurzen Rast in einem angrenzenden Waldstück war gerade einmal eine Viertelstunde vergangen, als Teller seinen Mercedes erneut startete und zur Autobahn zurückfuhr. Die Vorbereitungen für diesen Tag lagen jedoch Monate zurück. Begonnen hatte es mit der Zufallsbekanntschaft auf Ischia, wo Teller auf die beiden Stasi–Aussteiger traf. Roland Richter und Adelheid Fischer bekannten sich dazu, auf Befehl aus Berlin den Mordauftrag an Rosi ausgelöst zu haben. Von den beiden erfuhr so der Mossad vom schwedischen Auftragsmörder. Hellhörig wurden Teller und seine Leute, als sie aus schwedischen Quellen erfuhren, dass Tranberg erneut nach Deutschland reiste, weil ein neuer Auftrag auf ihn wartete. So erfuhr man von der Absicht der Berliner Stasi-Zentrale, die beiden Aussteiger in Düsseldorf liquidieren zu lassen. Nun konnte der Mossad die zwei sprichwörtlichen Fliegen mit einer Klappe schlagen. Indem man den Mordanschlag an Exmajor Richter vereitelte, konnte man auch den Mord an Rosi rächen.

»Lass mich dem Kerl die Eier abschießen!«, forderte Renate, um ihre langjährige Freundin Rosi zu rächen. »Dazu wirst du keine Gelegenheit haben«, entgegnete ihr Reiner und weihte sie in seinen Attentatsplan ein und welche Rolle er ihr dabei zudachte. Auf einem abgelegenen Baugelände hatten sie mit ein paar Leuten das Heranfahren an Tranbergs Wagen geübt. Auch Pistolenschießen mit und ohne Schalldämpfer standen für Renate auf dem Trainingsprogramm. Es war Renates Idee mit der Maskerade. Anfänglich tat das Attentatsteam Renates Vorschlag als Spielerei ab. Doch in der Mossadzentrale sah man das anders. Ein psychologischer Schock unmittelbar vor der beabsichtigten Erschießung lenkt das Opfer ab und erleichtert die Ausführung. Und wie das Geschehen zeigte, war die Reaktion des Opfers entsprechend.

Obwohl keine drei Minuten vergingen, bis ein nachfolgender Wagen am Unfallort erschien, war es für die Polizei unmöglich die Täter zu fassen. Zwar ließ die Lage der zwei Einschusslöcher keinen Zweifel daran, dass Tranberg ermordet wurde, zumal dessen Pistole wohlverwahrt und gesichert im Handschuhfach ruhte. Keiner der Zeugen nannte das Mercedes-Sport–Coupé im Zusammenhang mit dem Unfall. Der Wagen Tranbergs wies auch keinerlei Spuren auf, die auf eine Kollision mit einem anderen Fahrzeug hindeuteten, sodass auch dieser Mord bald zu den Akten gelegt werden musste.
Der wenige Tage nach dem Unfall auf der Autobahn bei einer namhaften Düsseldorfer Tageszeitung eingehende anonyme Brief, dass es sich bei dem Toten Olaf Tranberg um den Mörder der im vorigen Jahr ermordeten Rosi Netbrit alias Monika Menzel handle, wurde nicht ernst genommen. Ein Zusammenhang zwischen beiden Mordfällen schloss die Polizei definitiv aus.

# Nachwort

1957 wurde in Frankfurt a. M. die Salonprostituierte Rosemarie Nitribitt (* 1933) in ihrer Wohnung erwürgt aufgefunden. In einem von der Polizei sichergestellten Notizbuch fand man die Namen ihrer Kunden, darunter Männer, die man zu den »oberen Zehntausend« rechnen konnte. Es gelangten weder die Namen ihrer Kunden in die Öffentlichkeit, noch wurde der oder die Täter gefasst. Spekulationen machten die Runde, so auch die Vermutung, dass »Rosi« für Geheimdienste jenseits des »Eisernen Vorhanges« tätig war.

Die Ereignisse wurden mehrmals in Deutschland verfilmt. So unter anderem mit Nadja Tiller (1958) und Nina Hoss (1996) in der Hauptrolle.

Die hier vorliegende Spionageerzählung greift die Vermutung auf, dass ihre Ermordung von der Staatssicherheit der DDR organisiert wurde und damit die Tätersuche für die Frankfurter Polizei erfolglos bleiben musste.

Alle Namen und Ereignisse sind frei erfunden und Ähnlichkeiten mit lebenden und toten Personen sind rein zufällig.